U0920440

葛亮 著

浙江出版联合集团
浙江文艺出版社

目录

contents

绘色

目录

contents

献给外公，与光影倏忽的年代

自序

出神记——葛亮

文字与电影，皆我所爱，而又素以为两者间自有壁垒。

电影确是好的，好在表现力上，声光触动，流泻笔端，时觉难尽其意。另一则，其实心底对文学有些偏袒。七大艺术中，电影为后之来者，却又实在地先声夺人。因缘际会，短短百年，走过了漫漫成长演变之路。

早期的文字守望者们，多少有些不忿，对电影是君子远庖厨的心态。但印象里，却有两个很大的异数。一个是毛姆（Somerset Maugham），一个是乔伊斯（James Joyce）。前者事业如日中天，恰逢好莱坞的盛世。一九二五年到一九四五年，毛姆有九十八部作品被改编成电影上映。仅是短篇小说《雨》（*Rain*）就连续三次被搬上银幕。毛姆的奢华无度是公认的，他对电影的热诚便也被解读成了为稻粱谋。那么再来看看乔伊斯。老乔是个影痴，这一点成为他人生中最天真而有趣的部分。其对电影的迷恋方式亦臻于化境，曾经成功说服特里斯特的一家电影公司在都柏林开设院线，并自告奋勇担任筹备人。这家叫作伏尔塔的影院日后惨淡收场。在旁人看来，即便是艺术，也显得有些偏执，乔伊斯却矢志不渝。《尤利西斯》（*Ulysses*）诚恳地实现了电影技巧与小说的约盟，而乔氏也因此以文学人的身份获得了影界的尊重。爱森斯坦（Sergei Eisenstein）晚年著名的语录："必须向乔伊斯学习。"惺惺相惜间，几成佳话。

其实也为了让自己确信，电影与文学到底一衣带水。回到这本书，命名为《绘色》。色取之于光影，绘之以文字，也算好的意象。意象不期得之以精准。精准与艺术往往是天敌。"徘徊庭树下，自挂东南枝"是好句，而"北方有佳人，自挂东南枝"便因逻辑精确而悚然可怖起来。意象更好似一个轮廓，留有余地与空间，是等待去充盈的。这或可说是电影与文字的会通处。

前后两章，"自在"与"观"，合为一辙。虽脱胎于《般若波罗蜜多心经》，却并不敢以彻悟之境自度。电影是入世的艺术，"观"便并非出尘的经历与心得，只是为一些好看的电影留的纪念。说起来，这本书也写了很多年。起先是为了一个叫作《捕声捉影》的专栏。和一位素未谋面的乐评人合作，每人一周，一声一影。久了便也有了一些高山流水的意思。大约合作最默契的一次，是有一期我写了卡洛斯·绍拉（Carlos Saura）的电影，即见有专文介绍了里斯本的法朵音乐（Saudade），被编辑视为珠联之作。现在想来，竟是如有神助。

“自在”的完成则是近年的机缘。旧年北京友人来港，共与北岛老师聚叙。由诗论及电影。北岛老师言谈，向有长者的澹和与平稳，然而忆起青年时与友人看电影的趣事，语气却倏然昂扬起来，眼中于是有了光，令听者也为之心动。或许这便是光影真实的质地，可以是一个人的收藏，亦可是一代人的心迹。彼此叠合，竟不差分毫。其间又有一脉相承的传递。偶然的机会，翻看《中国学生周报》，纸页已有些泛黄。然而罗卡、石琪诸君的影评，至今仍令人为其见地而击节。二十世纪六十年代的文字，现在读来，竟毫无阻隔之感。陈冠中先生称其对香港青年一代文化人有开蒙之功，并非过誉。对于一个出生在二十世纪七十与八十年代之交的人，电影于其时代、于其成长，都有着非凡的意义。这种意义，或许带有了自我体认的性质。如此，当我回首前尘，写下在微薄的年纪与电影间的故事，竟也有了些许曾经沧海的心境。

凡此上下，这篇文字，好像在为自己的书做破题的工作。大约希祈与读者分享的内容，实为序言而不可尽述。

此书付梓，亦有许多感念之处。首先感谢我的外公，您的练达与对电影的热爱，成为我落笔的起点；感谢我的父母，一直以来，是你们的善良与纯粹引导着我看待世界的方式；感谢出版社的各位同人，在你们的悉心关注下，一个青年人的文学与电影想象得以交汇。恰如其分，融为一体。

这本书是献给你们的。

（庚寅年五月于香港）

色取之于光影，绘之以文字……

前 章

自在

楔子

回想起来，我是幸运的，出生在二十世纪七十年代的尾巴上。这是个饶有意味的尾梢，注定要交接到一个翻天覆地的开端。说起来，这代人的电影经验是最为动荡的，时时推陈出新。脑海里的影像，也仿佛嘉年华，重叠其间，共举盛事。

中国民间有个古老的风俗，叫作抓周，以婴孩的一时冲动私订了终身。贾宝玉当年抓了脂粉钗环，活该是贻误了一辈子。这自然是大大的武断。我母亲是个顶文明的人，在老家里有苗头为我做前途测试的时候，及时地对封建迷信予以了抵制。不过在我长到半岁的时候，在床上爬来爬去，自己将这个测试完成了。在长辈们看来，我所做的事情带有悬疑的性质。我也不清楚自己出于什么目的，要将一张黑白画片涂了个别致的满脸花，引起了相当大的争议。舅舅试图说服大家我会成为一个文字工作者，外婆否定了他的肤浅见解。因为画片上笔走龙蛇，路径奇诡，她联想起在大学里做艺术教授的祖父，断定我会承其衣钵，走上书写丹青的老路。如今，家人一致认为这场测试十分靠谱儿。那张画片因此被外公妥善保管，至今保存完好。去年他拿给我看，我自己却看出了新的端倪。被我涂了满脸花的，是武生泰斗谭鑫培，人称“小叫天”。那张面目模糊的图片，正是戏曲电影《定军山》的剧照。《定军山》诞生于1905年，北京的丰泰照相馆拍摄，是中国的第一部电影。

这个重大细节，当年被所有的长辈所忽略。我心中不禁产生澎湃的联想，如此一来，我的个人成长史曾经与中国电影史产生过奇异的接轨。回首前事，很多关于影像的经历开始清晰，在目如昨。

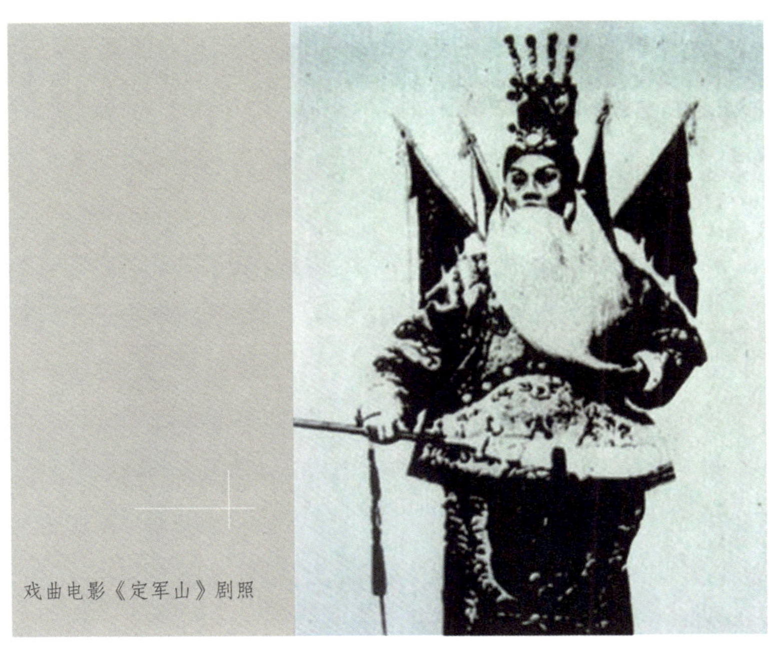

戏曲电影《定军山》剧照

第 1 节

夏夜的露天电影，对这里而言是一桩盛事。

童年

木兰·电影院

木兰阿姨是父亲的学生。

父亲在那个边远文化馆的短暂工作，是一个意外。人一生中有许多的意外。这些意外，有时是一种造就，有时候却也就将人磨蚀了。然而，时间是微妙的。当人们将这种意外过成了日常的时候，造就与磨蚀就都变得平淡与稀薄，不足挂齿了。

在中国的二十世纪七八十年代，于很多人的意外都已变得风停水静。我父亲是其中的一个。他在过早地经历了人生的一系列意想不到后，终于无法子继父业，选择了他并不爱但是令人安定的理科专业。然而，大学毕业后的又一次意外，他竟然找到了一种可接近理想的东西。他又可以与纸和画笔打交道，是那样顺理成章，甚至堂而皇之。对于一个九岁就可以临摹《西斯廷圣母》的人来说，这一切都来得有点晚，又有点牵强，但是足以令人珍惜。所以，他如此投入地将他经手的宣传画、伟人头像以精雕细琢的方式生产出来，以一种近乎艺术家的审慎与严苛。父亲保存着当时的很多素描，是些草稿。草稿丰富的程度，解释了他工作成绩的低产，也拼接出了我对于文化馆这个地方的回忆与想象。在很多年后，我看了一部叫作《孔雀》的电影。那里的文化馆是个令人意志消沉、压迫与阴暗的所在，与我记忆中的大相径庭。我的文化馆是颜色明朗而温暖的。

父亲在三十七岁的时候，第一次代表馆里参加了画展，引起了小小的轰动。那张叫作《听》的油画已不存在，但是留下了一张彩色的照片。油画的背景是一片葱绿的瓜田。有一个满面皱褶的老农叼着旱烟袋，含笑看着一个穿白连衣裙的年轻女子。身边摩托车后架上夹着写生画板，暗示了她的身份。女孩的手里捧着一个饱满的西瓜，贴着自己的耳朵，做着敲击的动作。神情专注，近乎陶醉。现在看来，这张画有着浓重的“主旋律”意味，却为我年轻的父亲赢得了声名。木兰阿姨来到我家里的时候，手里正举着这张照片。她目光炯炯地看着我父亲，说，我要跟你学画。木兰阿姨拜师的举动，在现在看来有点唐突。父亲有些无措地看着我目光警醒的母亲。这时候，陌生的年轻女孩将三张电影票塞到我母亲的手中，说，好看得很。

我不知道这算不算一种收买，但由此而引发的好感，却是实在的。那部叫作《城南旧事》的片子，对我是最初的关于电影的启蒙。

当我跟着父母走进这间外表略显破落的影院，电影刚刚开始不久。在色泽温暖的银幕上，我看见了一个小女孩大而纯净的眼睛，并且深深地记住。同样纯净却丰厚的是二十世纪二三十年代的北平。昏黄萧瑟的秋。骆驼、玩伴、学堂，构成了最简洁而丰厚的旧城。这双眼睛里的忧愁下去的时候，是为了一个年轻人。耳边响起柔软哀婉的童声旋律，这童音逐渐远去，为洪大的弦乐所替代。银幕下的孩童却被这异于现实的影像与声音打动，几乎热泪盈眶。多年后，再次听这首叫作《送别》的歌曲，恍然明白孩提时对于其中内容的无知，更不知道词作者是大名鼎鼎的李叔同。大约打动我的，只是这歌声的内里，叫作人之常情。

长亭外，古道边，芳草碧连天。
晚风拂柳笛声残，夕阳山外山。
天之涯，地之角，知交半零落。
一壶浊酒尽余欢，今宵别梦寒。

这便是给我留下美好印象的第一部电影，虽然这印象其实已有些模糊。

散场的时候，我们走到影院门口，看到叫木兰的年轻女子急切地走过来。她这时候穿着石蓝色的工作服，白套袖已有些发污，上面溅着星星点点的墨彩。头发用橡皮筋扎成了两把刷子，倒是十分干练。声音却发着怯，问：“好看吗？”妈妈说：“很好看，谢谢你。”爸爸的眼神有些游离，落到了她身后的电影海报上。爸爸问：“是你画的？”一问之下，木兰阿姨好像很不安，手指头绞在了一起，轻轻应：“是的。”爸爸又看了一会儿，说：“蛮好，比例上要多下点功夫。”

木兰阿姨抬起头，眼睛一亮。然而，依我一个几岁的孩童看来，这画和“蛮好”也还是有些距离。画上色彩是浓烈而乡气的，构图的即兴也令画面芜杂，人物的神情似乎也变了形。那瞳仁中的纯真不见了，变成了一双成年人的世故的眼，透射着近乎诡异的懒散。

爸爸微笑着说：“周末来我们家吧，我借一些书给你看。”

当我们已走出很远的时候，我回过头，看见木兰阿姨还站在海报下面，眼里闪着星星点点的光。

地区电影院的美工容木兰，就这样成了我父亲的学生。

以后的日子里，我们都喜欢上了木兰。大家似乎都有些忘记当初她拜师的唐突举动。木兰阿姨其实是个天性随和谦恭的人，并且很寡言。她多半用微笑来表示欣喜，用点头表示肯定。以后，我们发现，她将学习这件事情看得十分郑重。即使在影院加过班，无论多么疲惫，也要换了干净的衣服才肯出现在我们家。她会带了自己的习作来，将拿不准的地方用红笔勾出。依然不怎么说话，总是将自己的问题列在一张纸上，请父亲解答。在我们家，她不怎么动笔。但有时候却仅仅为了细节，比方一只手弯曲的弧度，反复地琢磨。老实说，父亲并不是个天生的老师，很容易沉醉于自己的见解之中。所以对木兰的辅导也不算是很系统，每每点到即止。而木兰阿姨却是悟性非常高的学生。这是后来从影院海报质量上的突飞猛进看出来的。

当渐渐熟悉起来后，聊得也就深了些。木兰说，她其实是影院里的临时工，影院的领导一直不太满意她，认为她画得不像，她不太服气。后来，父亲终于弄明白了，这其实是审美方面的分歧，就安慰她，说了很多关于“写实”与“写意”方面的道理。木兰笑了笑，说其实她不在乎，总有一天她会考上美术学院走掉的。说这话的时候，她眼神里便有一种叫坚强的东西。

刚入冬的一天，木兰来了，仍然是笑吟吟的模样。妈妈就开玩笑地问她有没有什么喜事。木兰不说话，从背后拿出一顶帽子，扣在我头上。这是一顶绒线帽，海蓝的颜色。样式却很特别，有一个漂亮的搭带，是坦克兵的那种。木兰摸了摸我的头，说：“咱们毛毛也来当回英雄坦克手。”那是上个月刚看过的一个老电影，讲抗美援朝的，据说是根据真人真事改编的。二十世纪六十年代到八十年代初，这种题材永远都不会过时。当一回英雄也是男孩子们的梦想。我立了一正，对木兰阿姨行了个军礼。妈妈接过来看一看，说：“真不错，在哪儿买的？”木兰说：“我自己打的，照着电影画报的样子做。”妈妈连连赞叹，突然问：“有对象了吗？”木兰羞红了脸，说没有。妈妈就说：“这么巧的手，可惜了。要不真是男人的福分。”妈妈看一眼正埋头读书的父亲，说：“当年你老师连着三年戴我给他织的围巾，我这才嫁给了他。”爸爸其实听得清楚，抬起头一句：“可不是吗，我算经受住了考验。”

爸爸去上海出差回来，买了许多画册，多带了一份给木兰。黄昏的时候，还没到电影院门口，远远地，我被一张海报深深吸引了。那幅海报是完全的黑白色调，依照当时流行的审美观，素得有点不近人情。但是有一双女人的硕大的眼，比例夸张地逼视过来。后面是些风尘仆仆的背景，内容我是全忘了。只记得爸爸说："画得好。"海报底下的小个子女人还在忙碌，爸爸远远地喊："木兰。"

木兰阿姨很惊喜地回头，将胳臂上的蓝套袖撸下来。头发剪短了，是个飒爽的样子。木兰说："老师。"然后看到我说："你们来得正巧，在放新片子呢，给你们留了票，带毛毛进去看吧。"

"阿姨，这是什么电影？"我指着海报问。木兰犹豫了一下，说："这片子不是给小孩子看的。"妈妈问："这部不是说几年前就禁掉了吗？"木兰说："没有，现在说是好片子，巴老先生都写文章支持呢。我们影院小，没放过。这回市里重放，领导要了拷贝来，我们就借一借光。票一早就卖光了。"

后来我才知道，这部险些被禁掉的片子，叫作《望乡》，说的是二十世纪初日本政府将一批妇女送到南洋卖身为娼的悲惨遭遇。这是改革开放后引进的第一部日本电影，因为里面的裸露镜头，一时在国人心中引起轩然大波。多年以后，看了这部片子，那些镜头并无一丝亵渎，也无关情色，只是将主人公的隐痛更深刻了一层。倒是里面扮演年轻女学者的栗原小卷，清新温雅的形象，给人留下了深刻的印象。而木兰阿姨在海报上画下的那双伤痛的眼睛，便是她的。

爸爸说明了来意，木兰很欣喜，恭敬地伸出手接那些画册，却又缩了回去，说："干活的手太脏了，这么好的东西，我得先洗个手。"她一边收拾了活计，一边说："老师，你们也来我宿舍坐坐吧，喝杯茶。"

从影院的后门拐过去，又下了几级楼梯。光线渐渐暗了下去。木兰阿姨的宿舍在地下室里，大白天也要开着灯。灯是日光灯，打开了整个房间便是幽幽的蓝。不过七八平方米的一间屋，收拾得十分整齐，没有一点将就的样子。木兰打了盆水洗了手，给爸妈沏茶。屋里只有一张方凳，她便抱歉地请妈妈坐在床边。妈妈坐下来，看到木兰在床头贴了许多张画报，似乎是一个男人，又看不清楚，便问："是谁啊？"我却认了出来，蹦到了床上，嘴里大声说："从这儿跳下去……昭仓不是跳下去了？唐塔也跳下去了……所以请你也跳下去吧……你倒是跳啊！"同时举起手，"砰"地开了一枪。木兰阿姨吃吃地笑起来，说："毛毛是天才，学得真像。"妈妈便也明白了："是杜丘啊。"这海报上的都是同一个男演员，凝眉蹙目，是日本的明星高仓健。他因为一部名为《追捕》的悬疑片成为国人的集体偶像，甚至个人形象也引领了人民的时尚。他的板寸头、立领风衣，包括他的不苟言笑，都成了男人们模仿的对象。甚至我年轻的父亲都未能免俗，不过，我个头一米八的父亲，穿着米色的长风衣，也的确是极其拉风的。《追捕》在当下看来，也仍然是极难逾越的译制片高峰，且不论这部片子难能可贵地云集了丁建华、毕克等一批配音大腕，单是影片中的台词已堪称经典。

比如我学的那句，又比如“杜丘，你看，多么蓝的天啊……走过去，你可以融化在那蓝天里……一直走，不要朝两边看……快，去吧……”。谁能想到，这诗意的句子后面，深藏着罪恶与阴谋呢。

在这些画报照片里有一张剧照。背景是一望无垠的原野，杜丘和英姿飒爽的女主角真由美紧紧相拥，策马驰骋。然而真由美的脸却被另一张照片遮住了。那是张黑白的两寸证件照，上面是微笑的木兰阿姨，笑得有些僵。

妈妈也看到了，打趣地说：“我们木兰要找的对象原来是这样的。”

木兰有些羞红了脸，却又抬起头说：“硬朗朗的男人谁不喜欢？”又问：“师母你觉得他好吗？”

妈妈想一想，说：“好是好，不过电影里的人，不像个居家过日子的。”

这年入夏的时候，放了假，幼儿园的小朋友们都散了伙。爸妈可没空管我，木兰说：“叫毛毛跟我去看电影吧。他老老实实地坐着，你们也放心，有我看着呢。”从此，电影院里就多了个小马扎，我当真就老老实实地坐着，看那银幕上的悲欢离合、旦夕祸福。看完了，就提着小马扎回家去了。那阵子看的，差不多占了我这半辈子看过的电影的一半多。

白天多半放的是老电影，都是些旧片子。片子大都是黑白的。看电影的人不多，我安静地坐着，听着有些空旷的影院里回响着洪亮的声音。它们如此地清晰，是来自一些或美或丑的巨人。这些巨人有他们的世界，是我难以进入的。但是，我却可以去经历他们的命运，用眼睛和耳朵。

电影放完了，天也快黑了，我就回家去，该吃饭吃饭，该睡觉睡觉。

谁也没想到，有一种潜移默化的东西，却在这时静静地生长。虽然，它经常以一些出其不意的方式爆发出来，但对一个孩子来说，这段印象深刻的经历，似乎是难以磨灭的。而最难以磨灭的，又似乎是那些台词，它们开始频繁地出现在我的家庭生活中，对我的父母造成困扰。

我开始习惯于回到家向父母做如下报告：“我胡汉三又回来啦！”父母在瞠目间意识到这不过是电影《闪闪的红星》中的大奸角的一句台词。早上赖床起不来，我会向父亲请求援助：“张军长，看在党国的分儿上，拉兄弟一把。”这是《南征北战》里的对白。当母亲开始有些絮叨我在不久前的尿床事件，我实在很不耐烦，愤然地用《智取威虎山》里常猎户的口吻做出回应：“八年了，别提它了。”母亲一时没反应过来，然后就看我迈着老气横秋的步伐，溜掉了。

爸妈摇摇头，爸说：“这孩子有点小聪明，可是要走火入魔了。”

后来，我竟然和影院里的人都混得很熟。从卖票的小张，到影院的头头蒋主任，大家似乎都很乐意跟我打交道。一时间，小毛孩成了公众人物。不过，我最喜欢的还是木兰阿姨。“会画画”在我看来是一件“真本事”，就像我老爸。蒋主任这样的，就只会吆吆喝喝地管人。更何况木兰阿姨画“潘冬子”，都是请我当模特儿。看着自己的脸出现在海报上，别提多带劲儿啦。这天傍晚，蒋主任跟我说：“毛毛，木兰到哪儿去了？帮我把她找过来。”我当时正忙于清算刚从他儿子蒋大志那里赢来的“方宝”——这是当时小男孩流行的玩意儿，实在没工夫搭理他，就很敷衍地说：“等会儿吧。”蒋主任就说：“小子，这是泰勒将军的命令，你敢不听？”我一听，好嘛，他居然引用了《打击侵略者》的台词。想想给他一个面子，我就慢慢地站起来，说：“好吧，帮你一回，看你可是秋后的蚂蚱，蹦跶不了几天了。”跟我斗智，《小兵张嘎》我可是倒背如流。蒋主任脸凶了一下，我一溜烟儿地跑掉了。

找了一圈，还真不知道木兰阿姨到哪里去了。按理，她是个很敬业的人，这会儿多半应该留在二楼的美工室里孜孜不倦。可是，桌上摊着大张的纸，广告色瓶子都打开着。纸上是画了一半的老头儿，只有个轮廓，面相却很阴森。

我终于想起来，跑到木兰宿舍门口。影影绰绰的，里面有些光。我一边拍门一边喊：“木兰阿姨，老蒋找你有事。”里面突然发出了很细微的声响，过了一会儿，木兰阿姨把门打开了，脸色红扑扑的，说：“毛毛，进来吧。”我走进去，发现还有一个人，看上去很眼熟。我不禁脱口而出：“杜丘！”

这是个好看的年轻男人，穿了件白蓝条的海魂衫。高个子，壮实实的，长着密匝匝的短发，浓眉毛。面相有些老成，乍看还真像高仓健。不过，他可不像那个日本人整天苦着脸，而是对我笑呵呵的。

木兰阿姨笑起来："毛毛，这是武叔叔，咱们电影院新来的放映员。"

年轻男人笑一笑："也不新了，半个多月了。"

说完，他对我伸出了手，说："武岳。"

我也很郑重地伸出手，他的手真大，使劲握了我一下。

我梳理了一下我在电影院的人脉，怀疑地问："我怎么没见过你？"

男人说："我刚调过来，只上晚班。那会儿你早回家了。常听木兰说起你，说你是个机灵鬼儿。"

这是我第一次进入电影放映室，里面有些暗淡。伴着沙沙的声响，巨大的光束投向了银幕，几乎能够看得见光束中飘动的烟尘。

原来，银幕上的影像、故事、人生，都来自这间灯光幽暗的放映室，来自这台安静的机器。电影胶片在镜头前缓缓地掠过，这一刻，近乎令我敬畏。

武叔叔拿起另一盘拷贝，准备换片。他做这些的时候十分专注，几乎可以看到他额头上细密的汗珠。这时候的他，是没有微笑的，脸色沉郁，便真正酷似了高仓健的轮廓。

当沙沙的声音又微弱而清晰地响起的时候，他便坐下来，嘴上叼起一根烟，看着我重新又微笑了。

也是在这间放映室里，有了以后的事。

我的眼里，武叔叔是个有“真本事”的人。因为他一个人可以操纵整个银幕的光影，同时控制几百人的视线。仅这一点已经值得崇拜了。

木兰阿姨在这个放映室里经常出现，在我初看来，是十分自然的事情，是两个有“真本事”的人之间的惺惺相惜。然而，木兰阿姨来找武叔叔，似乎更多的并非关于彼此技艺的交流，大半是些琐碎的事情。有时候只是为了送两根奶油棒冰给我们，又或者是一碗冰镇的绿豆汤。

而这时的木兰也不是我熟悉的了。作为一个对衣着并不讲究的人，上了班，木兰四季都裹在一件很旧的工作服里。那衣服上总是挂满了琳琅的油彩。而这时候，她却穿了雪白的在袖口打了皱褶的的确良衬衫，头发也不再是用橡皮筋扎成两把小刷子，而是戴了同样雪白的发卡。这样一绺头发便垂在她光洁的额头上。我才发现，圆圆脸的木兰阿姨其实是很漂亮的。这是个漂亮得有些不像木兰的女子。

她对于武叔叔的“本事”也没有任何好奇和求知欲，只是静静地看着武叔叔喝绿豆汤，或者间歇地从放映室的小窗望出去，眼神空洞地看一会儿电影的情节。这时候，武叔叔也会和她说话，声音也变得低沉，并不是一个“硬汉”应有的格调。

回想起来，在放映室里的观影经验，印象其实有些模糊。大约因为视野的居高临下，又或者因为无法专心致志。

不过有一部电影是断断忘不了的，叫《少林寺》。这是我接触到的第一部香港投资的电影。但因为主演都是内地人，是没有什么港气的。十八岁的李连杰，有一种青涩的勇猛，举手投足间浑然的趣味感，在后来那个国际化的Jet Li的神情中，是鲜见的。

然而，关于这部电影，更深刻的记忆却是公映时的盛况。后来看了个统计，《少林寺》在全中国的票房超过一亿元人民币。比起现在的大片来，这也实在算是不俗的成绩。问题的关键是，当时的电影票价仅仅是一角钱。

因此，这部片子的社会效应真的可以用“万人空巷”来形容。在一个幼童的眼中，更多的感知大约就是街谈巷议。也有一些出其不意的，比如，中国的“黄牛”——也就是非法倒卖电影票的票贩子，也是伴随这部影片应运而生的。我亲眼看见老蒋和警察扭住了一个年轻人。那人在被带走时，似乎还吹了一声口哨。他的蛤蟆墨镜被立刻取了下来，其实是个面目清新的青年，却有漫不经心的神情。多年以后，当我看到《无因的反叛》中的詹姆斯·迪恩，还会想起这张脸。然而，民间的流动交易却还在进行着。供求关系的市场规律，并没有被计划经济的格式所羁。一张《少林寺》的电影票，在物以稀为贵的情形之下，可以换取紧俏的日用品，甚至手表。电影院的员工有极为罕有的赠票。木兰阿姨也分到了两张，送给了我的父母，同时抱歉地说：“幸好毛毛已经是我们的老熟人了。”

出于一个小朋友的虚荣心，我可以在放映室里看电影的特权逐步被外界所得知。幼儿园同班的赵宏波脸上挂了谄媚的笑容找到我，捧上我一直想看的全套《铁臂阿童木》小人书。赵并非我的知交，我对他无事不登三宝殿的作风并不是很认同，但是出于礼貌还是问了他的来意。然后知道，他是想让我把他带进放映室。我虚弱地婉拒了一下，但最后看在阿童木的面上，还是答应了下来。

然而，赵宏波的不守信用让我感到头痛。说好一个人来的，但他却带来了他的哥哥赵宏伟和邻居小三。我很不情愿地把他们带到了放映室门口，武叔叔愣了一愣，说："这么多小朋友啊。进来，快进来。"说完就忙着去上拷贝了。虽然没有更多的话，却已令我十分感激。这已经是当天的第四场。放映室只有一扇小小的气窗，在这初夏的时候，里面又有大灯烤着，已近乎一个蒸笼。武叔叔和另一个放映员都光着膀子，正忙得热火朝天。看得见汗从脊背上流淌下来，也没有工夫擦。角落里摆着一个吃剩了一半的西瓜。

我们几个孩子，不知怎么了，这会儿都有些发怯。而当电影开始的时候，我们便都忘了。"少林少林，有多少英雄豪杰都来把你敬仰；少林少林，有多少神奇故事到处把你传扬……"气势雄浑的片头曲，如今忆起仍是心头激荡。这个"少林十三棍僧勇救唐王李世民"的故事，成为二十世纪八十年代的经典，其实不是个偶然。因为它几乎涵盖了中国人所有的价值观念与信仰——忠诚、爱情、复仇、坚贞。那冷色调的背景下的，是年轻火热的理想。暮鼓晨钟，命运多舛的少年，冬练三九，夏练三伏。美丽的牧羊女，是纯真而苦涩的青春纪念。而最为青年们津津乐道的，却是电影主角的叛逆。至今记得觉远吃狗肉的情节，"酒肉穿肠过，佛祖心中留”，看似悖论的一句话，内里是中国人性情中难得的豁朗，几乎是充满了禅味。

电影放完了，我从窗口俯瞰着散场的局面。人流涌动，几乎可用壮观来形容。远处灯火阑珊，是二十世纪八十年代的夜。

我坐下来，静静地坐在小马扎上等爸妈。

他们走进放映室，一同进来的还有木兰阿姨，她轻轻地“嘘”了一声。不知什么时候，武叔叔已经坐在椅子上睡着了，头靠在机器上，嘴巴微张着。他的面色有些发暗，想是太疲惫了，脸颊上还有浅浅的胡楂儿。木兰停一停，捡起落在地上的衬衫，盖在他身上。我们走出去，将门轻轻带上了。

《少林寺》的热潮之后，影院平静了一段时间。后来老蒋就说：“今年‘送电影到乡镇’的指标还没完成呢。这阵儿没什么新片子，小武去跑跑吧。”武叔叔说：“哦，跑哪儿？”“先去江宁俞庄吧。”我一听要去乡下，就对老蒋说我也要去。老蒋说：“小毛孩儿，人生地不熟，要是老拐子拐了你咋办？你爸是干部，我可得罪不起。”

武叔叔说：“带他去吧，有我看着呢。城里孩子，难得去那儿看看。”老蒋想一想说：“行，那你可得齐齐全全地给我带回来。”武叔叔说：“嗯。”

电影院就出了辆敞篷卡车，装了器材。除了武叔叔，还有电工小张。木兰对老蒋说：“我也去吧，搭把手。”老蒋说：“一个姑娘家，能搭什么手。”木兰说：“帮着搞宣传啊。音箱要是坏了，我就直接帮忙配音。你不是说我的声音像丁建华吗？”

车就这么开出了城。开始大家都兴高采烈的，可是天热，渐渐精神就都有些蔫儿。武叔叔始终沉默着，抽他的“大前门”，一根接一根。

小张问：“武师傅哪里人？”

武叔叔说：“西安。”

小张说：“老远的地方哦。”

武叔叔就说：“嗯。”

话就有些说不下去。再往前走，路就窄了。景物也变得疏落了，灰扑扑的。然后绿颜色倒是多了，整片整片地闯入眼睛。一头牛慢慢走过来，迎着卡车，不知道避让。我知道，我们的目的地要到了。

俞庄，是个挺旧的地方，有条河围着，到处都水漉漉的。一个戴眼镜的乡领导来迎接我们，说：“难得年年蒋主任记挂我们。我现在去刷海报，晚上是什么片子？”

小张说：“是《大篷车》，老片子了。”

乡领导就说：“不老不老，在咱们这儿还是新片子。地方定好了，还在小学校的操场。”

乡领导又说：“大老远来，先歇歇。”

武叔叔说：“时间也不早了，先把幕布搭起来吧。”说着就脱了外衣，跟小张和司机将器材往下搬。

领导就竖了拇指，说："这小伙子，是个实干家。"

傍晚，幕布已经支起来了，有点儿皱巴巴的。夕阳的光线照射过来，白帆布就变得黄灿灿的了。

这时候走过来个小姑娘。她问我放映机等会儿搁哪儿。我转头问武叔叔。他指一指，小姑娘就走过去，把两个小板凳一字摆好。

我问："你干什么？"

她说："我爷爷让我来占个位置，说这儿看得最清楚。"

她抬头看我一眼，说："你城里来的吧。"

我问："怎么？"

她说："城里人说话口音发虚。城里最近在放什么电影？"

我说："刚放了个《少林寺》。"说完就嘻嘻哈哈地给她比画了几招。她就有些遗憾地说："那到我们镇上电影院得秋天了。"

我们就这么你一言我一语地聊起来。

小张就说："好嘛，我们毛毛交上小女朋友了，比我都强。"

木兰阿姨听了有些不高兴："说什么呢，把小孩子带坏了。"

天擦黑的时候，操场上的人渐渐多起来，携家带口的。我才知道，夏夜里的露天电影，对这里而言是一桩盛事。武叔叔把放映机固定好，又忙着装发电机。我看到木兰阿姨走过去，拿出手帕，在他额头上擦一擦汗。终于弄停当了，打开机器，白色的光束"唰"地打出来，打到幕布上。操场上响起孩子们的欢呼声。有些小手放在光束里头，幕布上便有无数黑色的手影子欢快地跳跃起来。

这时候，武叔叔轻轻地微笑了一下。

当幕布上闪动出字幕时，人声便安静了下去。带着异域风情的音乐急切、轻快地响起，因为操场阔大，音箱发出的声音便袅袅地散播开去。

在现在看来，这或许是个富家女和穷小子的俗套爱情故事。情节与桥段都差强人意。但是，这部印度宝莱坞早期的经典作品，却深深地吸引了包括我在内的所有观众。在微凉的夜风中，人们体会着女主人公苏妮达惊心动魄的冒险，体会着她爱情的甜蜜与苦涩。感受着那些质朴而奢华的瑰丽色调，那些吉卜赛式的明朗乐曲，那些不断复现的载歌载舞的场景。在剧情紧张的时候，人们屏息听着对白。突然，一个小孩子无缘由的哭声响起来，紧接着是大人的训斥。人们便用起哄的声音表达着不满。但是，很快又为主人公命运的多舛，开始叹息与扼腕。当苏妮达与莫汉有情人终成眷属的时候，全场响起了掌声。

环顾过去，这掌声经久不息，来自银幕前、墙头，甚至树上。大人们和孩子们各据一方，休戚与共，是由衷的对人性的赞美。在这浓重的夜色里，形成一股热烈的气流，扶摇而上。

回城的路上，因为大家还沉浸在剧情里，气氛就活跃了一些。小张说：“我们四个人也是一辆大篷车。”武叔叔说：“好，那我就认毛毛做我弟弟莫托。”木兰笑一笑，轻轻哼起电影里一支插曲的旋律。这首歌曲仿佛欢快热情的基调后的一缕余韵，出自那个叫作莫妮卡的舞女之口，哀伤婉转，低回不已。大家便都安静下来，听着、和着，随着车的颠簸摇摇晃晃地踏上了归途。

这一年的夏天，有一个漫长的雨季。雨并不很大，但淅淅沥沥，没个停。电影院的票房也受到了影响，白天都改了下午场。从放映室的窗口望过去，也并没有几个人，稀稀拉拉地点缀在座位的群落里。放的也多半是老片子，《卡桑德拉大桥》《地道战》《远山的呼唤》《叶塞妮娅》。多半也是调子有些悲凉的。除了喜剧《虎口脱险》里那个著名的机关枪手，在很多年后，他的斗鸡眼仍然在我的脑海中挥之不去。

这些片子循环放映着，渐渐有些沉闷。

武叔叔也闲，就说，来，咱放电影玩。说着就从电工包里拿出一个大号的手电筒，然后把灯关了。打开手电筒，墙上就是一个硕大的圆形的光影。武叔叔让我拿着电筒，自己将手摆出形状来，笼在手电筒的光圈里头，墙上便出现了一只狗头。这狗竖起耳朵，抖了抖毛，好像刚从水里爬出来。吠了两声，便在光影里遁去了。这时候却又出现了一个鸟巢。武叔叔自己配音，鸟巢里便有啾啾的雏鸟的叫声，出现了两瓣嗷嗷待哺的嘴巴。接下来，雏鸟渐渐长成了幼鸟，虚弱地抬一抬翅膀，蹦跶了几下，身体一歪，却趴下去了。过了一会儿它像是不肯认输似的，还是站了起来，身形居然也舒展开了。再一振翅膀，腾空而起，在天空中翱翔起来。武叔叔笑笑说：“这电影叫作《笨鸟先飞》。”我不禁拍起了巴掌，学着《地道战》里的汤司令竖起了拇指，说：“高，实在是高。”

这时候门一响，进来一个人，是木兰阿姨。她嘴里抱怨：“怎么黑灯瞎火的。”

我就兴高采烈地向她汇报：“武叔叔教我放电影呢。”

木兰阿姨就说：“呵，自己才满师，就收起徒弟啦。”

我就跟她如此这般地说了一会儿。

木兰便说：“这是电影吗？充其量是个皮影戏。”

武叔叔就宽容地笑一下，说：“都是给小孩子玩的。”

木兰说：“来，毛毛，阿姨教你放个正宗的电影。”

我不知道他们怎么在这件事情上打起了擂台，就作一作揖说：“我倒是也想拜你为师，可是我已经有了武叔叔这个师傅了。你要是不嫌弃，我就叫你师母吧。”

木兰阿姨听到这些，极慌乱地抬一下头，却朝武叔叔看过去。武叔叔平静得很，还是似笑非笑的样子。木兰埋下头，在随身的包里翻来翻去，嘴里轻轻地说：“乱讲。”

她从包里掏出一个厚厚的笔记本。红底，面上还烫印着“工农兵”的图案。她对我说：“毛毛，还记得《少林寺》吗？给我来一套长拳。”

《少林寺》我是记得，却已经忘了长拳是哪一套，就胡乱地打了一气。木兰阿姨说：“慢点儿打。”我就将动作放慢了，眼睛瞥到她在笔记本上涂涂画画。涂一页，就迅速地翻过去，这样翻过去了许多页。木兰嘘了一口气，说："好了，手都画酸了。"

我就凑过头去，看见她在笔记本每页的角上都画了一个小人。笔画十分简洁，动作却不一样。

然后，木兰说："看好，现在开始放电影了。"说着把拇指放在活页的边缘，一松开，纸页就唰唰地飞快翻过去。我就看到，页角上的小人竟然活了起来，随着翻动耍起了拳脚。一招一式，疾如闪电，颇有几分武林高手的风范。

这时我可乐了，将这个笔记本翻来翻去，爱不释手。突然停在了一页上，看到那一页画了张钢笔画，笔触很粗糙。但还看得出是一个男人的半身像，穿着海魂衫。

后来我知道，从专业的角度，电影正是由无数的定格连缀而成的。木兰阿姨是个懂电影的人。

湿热的天气，给一个儿童带来的或许只有烦躁。而在水汽与热度中，也会有一些别的酝酿。

这样的天气，大约也只适合放老片子。一对青年男女，在庐山上萍水相逢，面对名山大川，恋爱谈到了兴处，突然女的就喊出来：

"I love my motherland, I love morning of my motherland..."

当时我其实听不懂。但是后来懂了，觉得二十世纪七十年代恋爱的人，心胸真是博大。这就是著名的《庐山恋》。

上影厂老导演黄祖模，不负众望，将一部主旋律的偶像影片拍得声情并茂。虽然只是定位为“风景抒情故事片”，却拍出了皆大欢喜版的罗密欧与朱丽叶。大约是因为“朱丽叶”更勇敢和果断，也更明朗些，这勇敢在影片的高潮处，便近乎惊心动魄。

张瑜对郭凯敏说出“你真傻，傻得可爱”时大胆的神情，和两人身着泳衣的场景一样令人难以忘怀。在这句话之后，张瑜轻轻地吻在了郭凯敏的脸上。

这浮光掠影的一吻，却令我一时间有些发愣。或许就是这部“中国第一吻戏”对一个孩童在心理上造成了撞击。而在刚刚改革开放的中国，这“里程碑”式的一吻所带来的社会影响，几乎称得上波澜壮阔。

我有些不知所措地回过头，却见到机器巨大的暗影里，木兰与武叔叔的头，紧紧地碰在一起了。

有一阵，妈妈说：“木兰最近都没到家里来哦。”

爸爸说：“工作忙吧。”

妈妈便说：“现在不是淡季吗？也没什么新片子。”

我说：“木兰阿姨恋爱啦。”

妈妈就训斥我，说：“小孩子，乱讲话，你懂什么叫恋爱。”

停一停，她却又问：“和谁啊？”

我突然想起了木兰阿姨的交代，就说：“和杜丘。”

爸妈迷惑地对视了一眼。我就不理他们了。

暑假过后，生活又陷入了无聊而充实的境地。二十世纪八十年代的小孩子，不外如是。我开始上一个叫作“学前班”的东西，据说这个东西可以为我在小学的出类拔萃打下坚实的基础。这个学前班，对我生活格局造成的影响不可谓不大。

社交与娱乐因此减少是意料之中的，甚至波及了我与电影院的朝夕相伴。有时候，被爸妈接回家，路过电影院。不知道是不是秋天的关系，小小年纪突然感到了萧瑟。唯一的联络，似乎便是木兰阿姨的电影海报。它们还在变换着，让我想象着电影院里面发生的事情。那些光与影，人和事。

有一天，妈妈回来说，在商场买东西见到了木兰。她很感慨地说：“木兰大变样了。烫了个大波浪头，穿得也比以前好看、讲究了。和一个男人在一起，可能是她对象吧。你别说，还真像杜丘。”

听妈妈这样说，反而觉得木兰阿姨的样子有些依稀。有印象的，却是那件洗得发白的工作服上星星点点的油彩。变得好看的木兰阿姨是个什么样子，却也一时想象不到。

再次见到木兰阿姨，是在这年深秋的时候。

房门打开着，我老远就看见木兰了，高兴得雀跃。木兰阿姨的眼睛一亮，却又暗淡下去。嘴角动了动，却没有笑出来。妈妈倒了杯茶说："木兰，不着急，先喝口水。"

木兰站起身致谢。一缕长长的鬈发垂下来。木兰阿姨的确是烫了个大波浪头，这一天却很凌乱，并不见得漂亮，反而让她看上去老相了几分。

爸爸坐在书桌旁，狠狠地抽了口烟，抬起头来说："木兰，你得想想你的前途。"

这句话打破了沉默。

木兰似乎叹了一口气，用很松懈的声音说："老师，我一个临时工有什么前途。"

爸爸的声音突然大了，说："你不是一心要考美术学院吗？怎么说没前途？"

木兰说："也就是说说，哪这么容易。高中毕业都搁下这么些年了，文化课都不见得能过。再说，我家里都说，我是个女孩子……"

爸爸的声音柔软了下来："木兰，老师既然收你做了学生，就希望你将来能好。你师母，一个'老三届'，功课荒了这么多年。就凭着一股拼劲儿，不是考上了大学？事在人为啊！"

木兰喝了一口水，轻轻地说："我不想考了。"

爸爸将烟蒂按在烟灰缸里，使了使劲，好像下了个决心。他用很和缓的语气问："是不是为了他？"

木兰埋下头，手指绞在连衣裙的裙幅里，很久没说话。

爸爸说："你们蒋主任说了，这个武岳是个有老婆的人。你得理智。"

木兰阿姨愣了一愣，声音低得好像在自言自语："他说了，他会离婚，和我结婚。我，我离不开他……"

木兰阿姨说着说着，竟然手捂住脸呜呜地哭起来。开始还压抑着，妈妈走过去拍一拍她的肩膀，轻轻将她的头揽在怀里。木兰索性放声大哭起来。

爸爸嘴巴动了动，还要说什么，被妈妈的眼神制止了。

武叔叔调走了。据说他老婆来闹过几次，其实也谈不上闹，据说是坐在蒋主任的办公室里就不走了，一言不发，只是默默流泪。

木兰阿姨留在电影院。老蒋说："这孩子脾气倔，还是个临时工，可是论本事真找不着更好的。"

路过影院的时候，木兰阿姨的电影海报还在变换着。偶尔看得见海报底下，是个矮小的女人身形，呆呆地立在那里，毫无动作。

这样过去了半个月，有一天木兰阿姨又来了我们家。她的头发剪短了，格外短，发梢齐在脖颈上面，几乎成了个男孩子头。额发却还是弯曲的，她好像有些不好意思，不停地用手去捋。这样短的头发，也并不是原来那个爽气的木兰阿姨。大约是因为眼神里的倦。

妈妈拉拉她的手说："木兰，过去就好了，不管它了。"

木兰点了点头说："嗯。"

她又在口袋里摸索，摸出几张电影票，说：“师母，又来新片子了，带毛毛去看，香港的合拍片。”

我们在星期天的下午，又走进了这家电影院。

这是个很好看的神话片，叫作《精变》。后来我知道，是由《聊斋》里的《小翠》改编的。说的是个善良的狐狸精，因为要为母亲报恩，遭受了许多误会、委屈，却对恩人不离不弃。也真是个倔强的狐狸。当时就觉得这只狐狸很美，便很为她受到的不公正待遇而不平。多年以后，偶尔再看到这部片子，倏然发现，原来狐狸精在后来红遍大江南北的电视剧《西游记》里扮演了高老庄的高小姐，而她的恩人却扮了唐僧。一时间，只觉是乱点了鸳鸯谱。这电影的结局，本来应该是大团圆的。苦尽甘来，却终究留下遗憾。

走出影院的时候，木兰又急急地走过来，还穿了那件缀满油彩的工作服，轻轻问我们：“好看吗？”

妈妈笑着说：“很好看。”

那时候，在同样的地方，也是一个女孩子这样问我们，声音里发着怯。

木兰阿姨在这天的黄昏出了事。

她在钉海报的时候，从木梯上摔了下来。送到医院的时候还昏迷着，醒过来，医生告诉她，她的胫骨已经折断了。

我们去看她。木兰阿姨从病床上坐起来，抬起胳膊伸出两只手，抓住了爸妈的手，说："老师、师母……"

妈妈背转过身去，却将木兰的手握得更紧了一些。

这年冬天，爸爸调动了工作，离开了文化馆。我们要搬家了。

爸妈带我去和木兰阿姨告别。木兰阿姨还在影院里工作，影院新来了个大专生做美术，蒋主任留下她做了勤杂工。

木兰阿姨还住在那个地下室里。还是暗得很，白天都要开着灯。

静静地坐了一会儿，木兰说："我有东西送给毛毛。"她撑着床沿，有些艰难地站起来，从五斗橱上拿下一样东西放在我手里。我捧着看了一会儿，轻轻说："大篷车。"

木兰阿姨点了点头。

对，正是这个夏天我在露天电影院看过的电影。女主人公乘着大篷车，跟着心爱的男人浪迹天涯。这小小的大篷车，用铁皮和铅丝编成，还用心地扎上了彩带，惟妙惟肖。

木兰阿姨说："你武叔叔做给我的……我不要了，要也没用了。"

我们离开的时候，木兰阿姨要送我们，妈妈说："你腿脚不方便，别送了。"

我们已走出好远了，回过头却还能看见木兰阿姨的身影，站在海报底下。这海报颜色斑斓得很，不是木兰阿姨画的了。

木兰阿姨对我挥了挥手，瘸着腿又往前跟了几步。突然踉跄了一下，便站定不动了。

第 2 节

这是我第一次听到“好莱坞”这个词。

我以为这是某一个国度，如同匈牙利与捷克。

而这些照片上或英俊或美丽的人，便是它的国民。

外公·好莱坞

外公曾经是开五金厂的资本家，这是少年时代的我并不知晓的。大约因为他朴素与温和的形象，在当时很难与这个词联系在一起。

外公终日穿着一件洗得发了白的藏青色中山装，推着自行车，往返于工厂和家。公私合营之后，他便成了厂里的一名行政人员。他很少谈厂里的事情，尽管这是他昔日的产业。

退休后的外公，本就是个寡言的人，更多是用行动来表达情感与见解。这个年纪的男人通常的爱好，他也是有的。闲暇的时候，和同伴们相约打门球，在自己的院落里修剪花草。黄昏的时候，搬来一把藤椅，看《参考消息》《后汉书》和一本昭明太子的《文选》。往往看着看着就睡着了。外公有一把胡琴，兴起了，就自拉自唱一曲《黄金台》。唱完了，就摇摇头。这胡琴老旧，弦早就都

好莱坞演员 葛丽泰·嘉宝

断了。原都是上好的马鬃，现在却只能用细钢丝替代。拉出来的音儿，味道都不对了。

天好的时候，外公就把他的藏书拿出来晾晒。梅雨天生的书虫，最怕见太阳。我也乐得帮他的忙。这样就发现书堆里有一个匣子。锦缎的面儿，边角都有些发黄。打开来，手没拿实，呼啦啦掉出一堆画片。其实是些相片，捡起来，却全都是不认识的，是些漂亮的洋人，都有着令我陌生的神情与姿态。我指着一个脸部轮廓非常美的女人问外公，这是谁？外公侧过身体，眼里有一丝闪动。问我在哪里找到的。他从我手里接过照片，扶了扶老花眼镜，轻轻说：“这是嘉宝。”

在外公的眼睛里，我意外地看到了一丝柔情。这柔情并非家常的情感表达，而是近乎一种憧憬。他将这些照片拿在手里，一一告诉我，这张长着清澈眼睛的女人是琼·克劳馥。而这一张黑头发的女孩，曾经和这个成熟和善的男人拍过一部叫作《罗马假日》的电影。他叫格里高利·派克。格里高利，我重复了一次。不知道为什么，这个名字让我想起某种食物的名称。格里高利。外公将照片翻转过来，让我看后面非常繁复花哨的外国字。他说，这是派克的亲笔签名。他们都是好莱坞的大明星。

这是我第一次听到“好莱坞”这个词。我以为这是某一个国度，如同匈牙利与捷克。而这些照片上或英俊或美丽的人，便是它的国民。

因为自身的背景，外公属于一个叫作“工商联合会”的组织。按理比民主党派还要边缘。但是，由于没有太多方针大计的主题，其实在格局上更自由些。有时候更像一种联谊机构，经常组织一些活动。外公常参加的，一个是京剧票友会，另一个是“电影观摩会”。

在京剧票友会里可以见到许多老年的先生与太太，他们在穿着外貌上和常人无异，甚至有的样子更落寞些。但一开嗓，便是石破天惊。总在墙角坐着的一位老先生，听说曾经是一个小开。新中国成立前，为了捧角儿，将家产败了一个干净。这会儿倒是安安静静地听戏了。外公也不上台，只是听。别人问起来，他便好脾气地一笑说："听听就好，不要献丑了。"

我是个小孩子，那时候也不懂戏。这样和外公去了几回，终于有些失去耐心，便不去了。

"电影观摩会"定期地在工人文化宫的一个偏僻的小礼堂举行。里面常常没什么人。大家都是拿一种叫作"招待券"的东西去看。进去了，人们相互点一下头，便参差地落座。灯光渐暗，银幕忽而亮起来，突然出现了一头仰面咆哮的大狮子，将我吓了一跳。

其实不用解释，这大狮子是某个著名电影公司的招牌。但是，年幼的我并没有意识到，这便是"好莱坞"扑面而至了。

电影《雨中曲》剧照

那次放的是一个彩色的原声歌舞片。我忽而感觉到这和平常在电影院里看到的电影是如此不同。并不因为演员们在说一种不同的语言，而是人们的神态与腔调，还有节奏，那样迅即、开朗与简单。缤纷或暗淡的背景，演员们踩着缭乱复杂的舞步，表达着欢乐、委屈、失意和重生。这仍然是个表现男女从相识、相知到相爱的故事。连同美好而似曾相识的桥段。但是，当时的我却全然忽略。只记得叫作“唐”的男主角，走在暴雨滂沱的街上，突然合起雨伞，任雨水流淌在笔挺整饬的西装上。接着，他扛起了伞，在雨中徜徉，唱起一首旋律优美的歌。脚下的舞步如同和着雨点的节奏，且疾且缓，全然不顾路人的目光。这一幕太动人，让我第一次领受到什么叫作男人的“潇洒”。

这首叫作《雨中曲》（*Singing in the Rain*）的歌曲，成了一个世纪的经典，也是这部电影的名字。

从礼堂里出来，外公推着自行车载着我回家。夕阳的光，笼在祖孙俩的身上。我突然感到了某种生活的美好。外公没有说话，静静地走，然而不知什么时候，嘴里轻轻地哼起了电影里的旋律。外公的声音，是一种很好听的男中音。和那个叫作吉恩·凯利（Gene Kelly）的男演员华丽的声线不同，这声音让人感到更为安全与温厚。我抬起头，看到年过六十的外公眼睛闪烁出青春的光芒。这是我所罕见的。

这部电影对我造成的直接影响，便是在一个大雨的午后，我在

电影《魂断蓝桥》剧照

楼下的水洼里将水踩得哗哗响，然后做出各种激烈而尽兴的动作，毁掉了一双新买的皮鞋，被我妈激烈地谴责和自责，说怎么生了这么个缺心眼儿的孩子。

记住另一个雨天，也是因为一部电影，也与歌曲相关，那歌曲叫作《友谊地久天长》。在这个略显简陋的礼堂里，这首歌曾萦绕不去。而银幕上则是盛大的舞会场景，结尾却是人生苦短。《魂断蓝桥》（*Waterloo Bridge*），滑铁卢桥，人生与爱情的滑铁卢，大约有太多的不可预知。对这部电影的印象已经模糊，因为是配音版。

至今记得的台词，是玛拉在车站见到服役归来的情人，百感交集的那句：

“莱罗伊，你活着。”

在我的记忆里，费雯·丽是第一个与外公收藏的照片对应上的影星。她那双绿色的眼睛，狐狸一般俏丽的鼻翼，给人的印象太深刻。

在我们走出电影院的时候，天上下起了细密的雨。

外公牵着我的手，站在门口。我抬起头，看灰蒙蒙的天。

有人走过来，站在我们身边，是一个老妇人，头发已经花白，却穿着颜色鲜艳的旗袍。这在二十世纪八十年代的中国，是很少有的装束。就算我的母亲，顶时髦的也就是一条布拉吉了。外公侧过头，愣了一愣，并没有说话，脸色却有些暗沉下去。

这时候，有雨滴到我的领子里，我连着打了几个喷嚏。

老妇人将一把雨伞递到外公手里说：“走吧，孩子要着凉了。”

老妇人打起另一把伞，上面有着蓝白色的斑点，远远地离去了。她走动的时候，旗袍在身体的曲线上漾起了褶皱，衣服便如同活了过来，在雨水的涟漪里盛放。这一瞬间，我突然感到了某种灵动的美丽。一个孩童的眼睛里，能够感受到的，是一种最单纯的美。

十多年后，我看到一部叫作《花样年华》的电影，仍然见到这种服装不可一世的曼妙，但是却也没有了感动的心情。

这身影在礼堂铁栅的拐角处消失了。

我抬头看看外公，他的目光似乎在更远的地方。外公回过神来，拉住了我的手说：“走吧。”

回到家的时候，外婆正在下元宵。在氤氲的水汽里面，外婆撩了一下齐耳的短发，转过头来，对我笑了一下说：“就好了。今天咱们吃芝麻馅儿的。”

我爬到椅子上，从五斗橱上取下了一张照片。

我指着照片上的人说：“外婆，你怎么不穿这样的衣服了？”

外婆在围裙上擦一擦手，戴起老花眼镜，仔细地看了看说：“这怎么还好穿？外婆的旗袍都被破‘四旧’破掉了。再说了，外婆年纪大了，还怎么穿？”

我再看一看外婆有些臃肿的体态，已经不是这照片上的少女了。这少女是外婆的二姐，也是我的姨婆。小时候，大人们都说她嫁去了国外。其实是在“文革”的时候，吞了一把缝衣针死掉了。她的神情很严肃，但是真的很美。

外公从我手里拿过照片，放回到五斗橱上，然后说：“四十多年前照的了。”

这次以后，外公有很长时间没有带我去文化宫。

直到有一天朋友来看望，说：“老朱，怎么这么长时间没见你？下个星期的片子你准喜欢，《北非谍影》，记得吗？那时候在‘大光明’排队都买不到这出戏的票。”

电影《北非谍影》剧照

这天下午，就见外公推了自行车来学校接我。我坐在后车座上，外公默默地推车，好像有些心事。我还注意到，外公穿了件藏蓝色的中山装，簇新的。以前，只有去政协开会他才会穿的。

小礼堂里，这一天坐满了人。竟然还有些年轻人，摇摇晃晃地走进来，都穿着时髦的牛仔裤，把屁股绷得溜圆。光线暗下来的时候，有人使劲地吹了一声口哨。但是毕竟没有人呼应，便识趣地安静了下去。

电影开始在一个乱糟糟的地方，法属摩洛哥的重镇，卡萨布兰卡（Casablanca）。真是乱糟糟的，作为二战时候去美国的中转站，这里成了很多人去向攸关的地方。离开这里的全部凭借，就是一张通行证。这里也因此充满了暗杀、逮捕与黑市交易。大部分人的工作，都只有等待，漫长的甚至无望的等待。

这些人里面，有一个异数，就是酒店老板瑞克。玩世不恭又运筹帷幄的派头，令所有人触动。然而他却有不为人知的软肋，是那支叫作《时光流转》的歌曲，魔咒一般记录了他和一个女人的过往。当这个女人和她的革命者丈夫所夫洛再次出现时，便是事件的高潮。

等待后的抉择，是伊尔沙和所夫洛在瑞克的帮助下双双离开卡萨布兰卡。有些伤感，但没有悲情。还是那个瑞克，运筹帷幄、冷静超然的感情主义者。这就是所谓的侠骨柔情吧。

在飞机起飞的一刹那，礼堂里竟然响起了掌声。是那些年轻人，控制不住的半大孩子气。

散场时，外公站起来张望。人稀少下去，灯亮了，我这才看到，他手里多了一把伞。

祖孙两个走出门去，我一眼便看到了穿着石青色旗袍的背影。外公牵着我的手，我的手在他手心里紧了一下。

老妇人转过头，看着我们微笑。外公把伞递给她，然后说："那天，谢谢你。"

老妇人说："不客气。"

又低下头看我问："你孙子？"

外公这才醒过神，说："毛毛，这是姚奶奶。"

老妇人又笑一笑，很和气。然而，脸上的皱纹也因此而密集，暴露了她的年纪。她说："我也是个奶奶了。"又说，"这片子，配上了中国话，味道都不对了。"说完了，眼神便有些散，声音也轻下去，“他们，就都是一个等。”

外公动动嘴唇，终于没说什么。

晚上，外婆折起那件毛料子的中山装，说：“你也好久没穿过了，又去开会吗？”

外公使劲吸了一口烟，然后把烟头在烟灰缸里重重地捻灭了。

现在回想起来，这偏僻的小礼堂，似乎成了好莱坞于我的启蒙圣地，虽然这一启蒙的过程并不似同龄年轻人的观影经历那么顺理成章。大部分同龄人对好莱坞的认识，大约是在改革开放以后，与美国大片进军中国市场的步伐同调。那种认识的过程，是绚烂的，甚至有种惊艳的感觉。《廊桥遗梦》（*The Bridges of Madison County*）与《泰坦尼克号》（*Titanic*），不可思议地成为某种日常而不可忽略的话题。然而，我对好莱坞的认识，恰在曾经与未来两个辉煌的断层之间，有一种地下的状态。青黄不接，基调有些芜杂，甚至有些许的落魄。那些突然间因为拷贝质量陈旧而间断的影像，或者是不很清晰的音效，都成为我对于好莱坞最初印象的集合。

这些电影在另一方面，出其不意地影响了我审美观念的塑成。当时中国的艺术氛围，依然是整体社会环境的投射。电影作为艺术，无法避免地也随之成为意识形态的艺术。尽管突破这种规限成为一代电影人的努力方向，但的确是举步维艰。每一步小的突破，都可能在社会上掀起波澜。《被爱情遗忘的角落》对中国人情感世界的冲击；《庐山恋》里的一个轻吻，竟然被冠以“中国电影第一吻”的响亮声名，可见当时国人的惊心动魄。除了苏联，进口片基本上为两个邻国所垄断，一个是印度，一个是日本。当然更早一些时是阿尔巴尼亚，随着与这个国家外交关系的恶化，他们的电影也如同他们的香烟一样在中国销声匿迹了。然而，即使是前两个国家

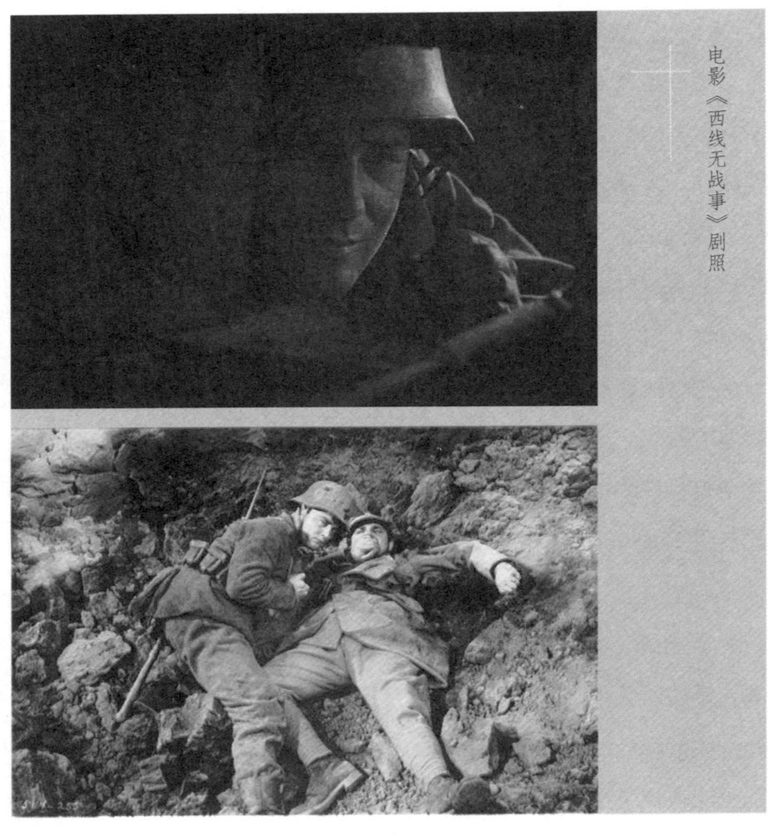

电影《西线无战事》剧照

的电影，在引进时也常常因国情制宜，被修剪了资本主义的枝蔓。

而男孩子们关注的，多数是战争片。本土的战争片，往往还留存着样板戏爱憎分明的传统。《南征北战》《英雄儿女》《地道战》，好人都是英雄的脸谱，浓眉大眼，刚正不阿；坏人倒是并未落入獐头鼠目的俗套，也算是坏出了特色。几个经典的反角：陈强、葛存壮、刘江，他们扮演的鬼子、伪司令、汉奸，深入人心，直到现在都仍被人们津津乐道。自然，他们的结局都不大好，几乎是出现的时候就预见得到的。其中的所谓波折，也都是在为英雄们的业绩打下更为坚实的基础。

然而，这种关于战争的成见，被一部好莱坞的电影所打破。这部电影叫作《西线无战事》（*All Quiet on the Western Front*）。德国的新兵保尔颠覆了我所有对于英雄的印象：第一次打仗，吓得尿了裤子。战友们陆续阵亡，让他有关英雄的理想逐渐破灭，甚至绝望。战争进入僵持阶段，西线平静异常。守在战壕里的保尔，看见战壕上空有一只美丽的蝴蝶飞舞。他爬出战壕，想捉住蝴蝶做成标本回家送给妹妹。这时一声枪响，保尔伸出的手颤抖了一下，猛地垂了下来。保尔是战场新兵的最后一个阵亡者。当天德国司令部战报上写着“西线无战事”。

这一幕于我印象太深刻。斑斓的蝴蝶、流弹、垂下的手，这是战争残忍暗沉的底色。炮火轰隆，冲锋陷阵，或许都是一瞬的辉煌，更多的还是灰烬。战争如同蛊，是因为惯性的伤害。而人性，本就是如此多元与软弱吧。

这些对一个年幼的中国小孩大概不会造成太积极的影响。好莱坞为人所诟病的商业性，如电子配比般精确的情节方程式，自然还不是我在那个年纪可以思考的。但是，它却向我展示了某种更接近于生活本质的东西。当与我同龄的孩子们还在为国产电影心潮澎湃和欢天喜地的时候，我却为这种东西所刺痛，陷入了沉默。这一点是由我外婆首先发现的。因为我不经意地表达了对生活的最初看法，认为很“没有意思”，并不合时宜地引用了《巴顿将军》（*Patton*）中那个充分暴露人性弱点的著名二战将领的著名口头禅，来概括了这种见解，就是“狗娘养的”。外婆于是很警惕，向外公兴师问罪，认为如果不悬崖勒马，我会因为这些资本主义的影像糖衣炮弹而变成一个坏孩子。外公叹了口气说：“有些东西，他长大也总要知道的。”外婆说：“那也不用这么早。”外公说：“那就不要去了。”

在长时间的抗议无效之后，我已经表示了放弃。但有一个周末，外公又说要带我去看电影了。外公对外婆说：“这回是喜剧，喜剧小孩子总是可以看看的，主演是卓别林。”

这个名字，似乎对外婆造成了某种宽慰。外婆说：“去吧。”

我在心里默默地念这个名字，觉得它给我带来了某种解救。卓别林，我与这个伟大的小个子的邂逅，便是因为这样一部叫作《城市之光》（*City Lights*）的电影。

电影《城市之光》剧照

这是一部无声电影，并且是原版英文字幕。这对于一个孩童来说，似乎会造成困难，但是，我仿佛没有因此产生任何理解上的障碍。默片因为语言的减省，其实对演员的表演做出了更高的要求。对话成为表演因陋就简的形式，默片需要在沉默的场景中有波澜壮阔的表达。

这是一个关于流浪汉的故事。他举手投足之间，都带有某种写意的趣味。而这种趣味本身的符号性与简洁性，非常接近于一个孩子对生活的认知。然而，这部电影的世界观的内核，却又是属于成人的。笑料背后，掩藏着许多残酷的东西。比方说，富与贫、等级与身份，成为难以逾越的界河。多年后的好莱坞，试图以最温情的方式模糊这一界限。但在这部影片中，则以流浪汉这个角色冷眼游刃于其中，类似于一则传奇。但卓别林却让这则传奇打上了讥讽的底色。一身富贵的流浪汉，和一个乞丐争抢路人弃掷的烟头。白天是如此现实，夜晚比较接近人性的本质。所谓城市之光，也许只是夜里的一点路灯光芒。只是一点光，便拆解了一切强与弱的关系。一场对自杀的拯救，塑成了流浪汉与富豪之间的奇特友谊。他们一同狂欢，一同不着四六地制造笑料，一同分享财富。然而白天来到的时候，一切打回原形。富豪将手掌放在额头上，茫然地看着前夜搭救自己的流浪汉，然后以法律的名义将他送进监狱。

唯一没有变的，大概就是这电影中流浪汉对盲少女卑微的爱。这爱关乎尊严，却丝毫不影响为其忍辱负重。有些笨拙，却又如此细腻。这细腻以同情和良善作底，足以将卓别林与同期好莱坞的其他笑匠区别开来。在一个孩子眼中，这种表达的吸引，大概因为某种温柔。这温柔是属于一个男人的，在喜剧粗粝的底色之下，格外动人与伟大。我青春期的成长，曾经有另一个港产的笑星伴随。尽管周星驰的喜剧表演，不停地受到各种质疑与挑战，但我对他的欣赏却未曾变过。理由之一，就是他举手投足间，同样会有一种温柔。抛却了一切刻意与做作的表象，这温柔已有动人心魄的力量。《国产凌凌漆》中那个荒唐的后备特工，在被追杀负伤的时候，不忘为暗杀自己的女间谍摘下一朵玫瑰花。带血的白玫瑰，为电影罩上了理想主义的光华。而这光华本身，却是小人物心声最美的代言。

《城市之光》是我在小礼堂里唯一没有看完的电影，因此印象深刻。而现实中发生的小意外，则将这部电影的烙印再次加深。

在银幕突然间暗淡下来的时候，电影中的日历正在翻转，代表流浪汉在狱中的细数流年。谁也不知道会发生什么。但是，银幕突然就黑了。我在这黑暗里呆呆地坐了一会儿，眼睛逐渐适应。当周遭都有了轮廓的时候，我发现外公不见了。

我不是一个大惊小怪的孩子。在几秒钟的慌乱后，我站起来，跟着时有怨声的人流往外走。

外面的阳光还有些晃眼。我眯了眯眼睛，站在礼堂的门口，一边看人们渐渐走远，笼在了浅金色的光线里，一边想着流浪汉在监狱里的度日如年。后来，礼堂里的清洁工人走出来，将大门锁上，问我家里大人在哪儿，我摇摇头，他皱一皱眉。这时候，一只大人的手牵住了我。这只手的绵软，让我感觉到不是外公。我抬起头来，看到一双含笑的眼睛。那个清洁工嘴里嘟囔了一下，说："把你孙子看好，走丢了怎么办？"

她很歉意地对那人说："对不起。"

这正是姚奶奶。她牵了我的手说："走，去找你外公。"

我们在文化宫的周边走。我靠在姚奶奶的身边，闻到一种好闻的类似从植物中逸出的气味。还有在她走动时，呢裙会随着她身体的摆动，发出织物簌簌的响声。非常轻细，但也是好听的。即使有些焦虑，她的走动仍极其安静，与她优雅的动作浑然一体。更重要的是，我并不感觉她是一个陌生人。

外公最终没有找到。她说：“累了吧？我们回家歇一歇。”

我们似乎穿过了一条小巷。巷子很深，渐渐马路上的嘈杂声也不见了，幽暗静谧下去。我们在一幢本白色的小楼前停了下来。这小楼的样式，在二十世纪八十年代我成长的时候是很少见的，有一种低调的洋气。顶上覆着砖色的瓦，好多处的墙皮已经脱落，看得出有年岁了，有的地方还有浅浅的暗红，那是标语的残迹。通向大门有几级小台阶，两旁护栏镶着繁复的铁质卷花，油漆也剥落了。姚奶奶掏出一串钥匙打开门，叫我进去。

里面也是黑的，日光灯亮了，光有些发蓝。陈设很简朴，甚至称得上简陋。一张凉席卷着，躺倒在破旧的沙发上。凉席突然滚动了一下，从里面钻出一只毛色交杂的猫，仓皇地跑到黑暗中去了。姚奶奶轻轻唤了一声，那猫缓慢地走出来，并不再接近，只看得见两只绿色的光亮的眼睛。姚奶奶说：“乱得很，来不及收拾，政府才把房子还回来。走，我们上楼去。”

往上走，光线越发暗沉。木质的楼梯发出嘎吱嘎吱的声音。走到顶，是一个阁楼，上面有一扇天窗。一缕光柱打下来，地板上是一个温润的光圈，可以看得见其中飞舞的灰尘。姚奶奶依然打开灯，我才发现，这里是个整饬的地方，有一种独居老人营造的温暖气氛。靠窗户摆了一把藤椅，上面有竹编的垫子，还摆着一份报纸。姚奶奶让我坐下来，说："渴了吧。"就打开靠门的一个冰箱。这种电器，在八十年代的内地还没有普及，所以也是让人有兴趣的。姚奶奶拿出一瓶汽水，打开，递到我手里，冰凉凉的。这是一瓶"麒麟"汽水，日本产的。在我小时候，也是孩子们的奢侈品。我咕嘟咕嘟地喝下去，倏然有气从喉头升起，打了一个很响的嗝，人也一下子凉爽下去。姚奶奶无声地笑了，摸了摸我的头。

然后她挨着我坐下来，问我："今天的电影好看吗？"我说："好看，可惜不知道最后怎么样了。"姚奶奶说："最后那个姑娘

电影《码头风云》剧照

的眼睛医好了，能看见了，还开了一个花店。”我高兴极了，说：“那太好了。”

姚奶奶说：“可惜她已经不认识那个流浪汉了。”

我听了，一阵难过，低下头，汽水瓶上已经密布了水珠。水珠的凉意，顺着手指慢慢地渗进身体里。

我抬起头，目光在这个房间里游移，轻轻地说：“马龙·白兰度。”姚奶奶已经暗淡下去的眼睛亮了一亮，说：“你刚才说什么？”我指了指对面墙上的一张很大的照片说：“马龙·白兰度。”这张黑白照片上眼光有些颓丧的英俊男人，《码头风云》（*On the Waterfront*）中的白兰度。姚奶奶愣一愣，指着旁边的一

电影《码头风云》剧照

张问，这个呢？这是《魂断蓝桥》的剧照。我说："罗伯特·泰勒。"年老的深情的军官，手握着那个保护不了任何人的护身符。然后是加里·库珀，《正午》（*High Noon*）中长着绅士面孔的牛仔。这面墙上的照片渐渐清晰，在我眼中鲜活起来。

姚奶奶问："都是谁告诉你的？"

我说："外公。"

她轻轻地"哦"了一声，然后重复说："外公。"

我看到她突然站起来，整张脸恰在落地灯的光亮强烈的照射下，上面沟壑密布，而眼袋的轮廓也没有了粉饰遮挡。她，其实如同我的外婆一样，也是一个老妇人了。

我忽然有些怕，不知道为什么，只是有些怕。

姚奶奶躬下身，从一个赤铜色的木柜里捧出了一只方形的皮匣。她捧得吃力，看得出有些重。她打开皮匣的搭扣，里面竟然是一台模样精致的机器。我很快认出这是一台幻灯机。因为爸爸在文化馆工作的时候曾经用过。不过，眼前的这一台，尺寸要小得多，简直如同玩具。

姚奶奶关上了灯，拉上窗帘。就在这时，玩具一样的幻灯机射出一道冷蓝色的光线，将黑暗割裂开来。

这光线投到了对面的墙上，便是白色的光圈。"咔"的一声响，墙上出现了图像。是一对紧紧依偎的男女，目光迷醉。男的是穿着条纹睡衣的克拉克·盖博，女的是精灵一般的费雯·丽。是的，没有比《乱世佳人》（*Gone With The Wind*）更为令人心驰神往的爱情了。“咔”的又是一声响，是帕克与爱娃·嘉德纳，《乞力马扎罗的雪》（*The Snows of Kilimanjaro*）。这张照片给我的印象深刻。多年后看到《色·戒》，猛然意识到似曾相识。嘉德纳的魅惑眼神，即使是对一个孩童，也同样摄人心魄。下一张是《关山飞渡》（*Stagecoach*），西部片的经典。照片里的克莱丽·崔华和约翰·韦恩，脸上还有风尘。同样坚强的眼神，无关风情，关乎生命和力度。我一一念着他们的名字，最初是一个小孩子的虚荣心，为了炫耀自己的博闻强识。这会儿已经淡去。我只觉得这些脸庞有一种十分遥远的亲切。这些成双成对的影像，记录了在另一个世界的时光流转。这种感觉让我严肃起来。

又一张，是好莱坞最璀璨的嘉宝和她的搭档吉尔伯特，虽然两个人有着亲密的姿态，但嘉宝眼中仍然有一种凛然的神气，是孤

电影《大饭店》剧照

独的。

“请让我一个人待着。”我听见身后传来姚奶奶的声音。我一愣，回过头去。多年后，我终于知道这是嘉宝在《大饭店》（*Grand Hotel*）里的台词：“请让我一个人待着。”

但这时候，我回过头去看到的，是暗淡光影中的姚奶奶，泪流满面。

幻灯片的最后一张，是一对中国的青年。背景是一幢堂皇的建筑物，上面写的字我都认识——“大光明”。然后是缭乱的灯火与人群。这对男女，表情矜持，却在笑意里暴露了亲密。男的穿着西装，打着领巾，都是应时的。女的穿着素净的旗袍，手插在男人的肘弯里，是依偎的姿态。我静静地看着这张照片，再没有勇气回过头去。这女子的笑容，与身后老妇人的神情交叠，竟不差分毫。而那个清俊的年轻男人的脸，则出现在我们家的相簿里，是如此熟识。那是我的外公。

我记不清我是怎样被姚奶奶送回家的，也不记得后来又发生了些什么。或许这些都已无关紧要。对一个小孩子来说，那些烙印一样的影像，有着比过程更为深重的痕迹。

我在上小学的时候，离开了外公外婆。再一次经过文化宫的时候，发现那个小礼堂已经被拆掉了。

也并没有再起别的房子，只是荒着。这一刻我才发现，原来这里是个很开阔的地方。只有一道围墙，越过去就是无限的天空了。

第 3 节

没有人会在意，这城市里充满了变量。

何况一家不起眼的店铺。

裘静·影音店

再一次经过那里，目标已经被拆掉。工人们有条不紊地工作，举重若轻，仿佛卸除舞台剧的布景。远远地，我看到那张《三十九级台阶》（*The 39 Steps*）的海报，支离破碎地悬挂在墙上，如同颓败的叶。

这里曾经叫作“物质生活”。

我第一次经过，看到裘静趴在柜台上，手里夹着一支烟。这与她娴静的神情略微不相称。

天已经黑透，这家新开的影音店坐落在小区的尽头。日光灯的颜色有些发紫，无精打采的。

我走进去，随意地看，眼光也很游离。这时候，大约是我无

电影《三十九级台阶》海报

规整的半年，成为我人生的一个间隙，无处安插。我读完了硕士，在人生的大好年华，理想却渺茫。白天在一间出版公司工作。忙虽忙，倒也心里沉静。下了班，便突然闲了下来。还是男孩子们气血旺盛的年纪，有许多无处释放的精力。本来是喜欢看书的人，大约在公司和文字打了太多交道，下班则疏于阅读，大多挥霍体力，打球、打游戏，或者去健身房。

大汗淋漓地走进去，冷气在皮肤上激起很多细密的鸡皮疙瘩。看着架上一些或生或熟的片名，我突然发现，我已经很久没有好好地看电影了。

店堂并不宽敞，空间却没有充分地利用。四围是半人高的木

电影《广岛之恋》剧照

架，上面是影碟，用来供客人挑选。我看清楚了，墙的上半截贴满巨大的电影海报。并不是时下热映的电影，都已经有些年头。《广岛之恋》下角有帧小照。不是阿伦·雷乃，是杜拉斯饱含风霜的脸。《37°2》被翻拍成了黑白色，女主角的眼睛就深邃了些，稀释了戾气。伍迪·艾伦傻笑着，头发的走向却不可一世。这些人像重叠、延伸到了天花板上，在浅紫色的光线里若即若离。

我一时有些迟钝，眼神在架上荡了一下。捡起一张《八部半》（*8½*）。封面上的男人侧着身体，失神得很。其实对于费里尼，一直有些抗拒，不知道为什么。大约是因为盛名之下，总是有些怕失望。这时候，身后响起了纤细的声音，却很清楚："新来的货，D5转D9。"

我回过身，看见靠在柜台上的老板娘。她低着头，在翻看一本杂志。似乎刚才的声音与她无关。这时候她却抬起脸，迎上我的眼睛问："想找什么片子？"她身后是一张巨幅海报，《三十九级台阶》。阴郁的阶梯尽头，是希区柯克臃肿含笑的脸。我便随口说："推理的吧。"

她合上杂志，嘴里轻轻地重复了一下："推理的。"

我看见她的眉头蹙了一下。希区柯克笑容依旧，这时候有了嘲意。

电影《砂之器》海报

她走过来，并没有在架上翻找，却打开下面的小柜，取出一张影碟，说："野村。"

我接过来，看见这张碟上已经落了些灰尘，上面写着"砂の器"。这是我当时不知道的一部电影。灰色的底子，戴着墨镜的年轻男人，面前摆着一架钢琴。上面写着另外一个名字：松本清张。

当时我并不知道自己会成为这个名字的爱好者。但在编剧里看到了山田洋次的名字，于是决定买下来，不过还是问了一句："好看？"

女人的表情很严肃，轻轻地说："还行。"

晚上看完了这部长达143分钟的电影。作为推理片，或许不够扣人心弦。实质上，这是个日本"于连"的故事，但是他不动声色的残忍，还是让我微微吃惊。一个人，可以对自己的出身如此憎恶。然而同时，他优雅的手，却将这憎恶在钢琴上弹成了眷恋。

这电影贯穿着阵痛式的音乐，有一种奇特的吸引力。或者来自气质诗意的中年警探。是他令这故事面目清晰，颜色沉郁。他如此不屈不挠地追寻一个人的命运，去窥探、拼接、修补。当轮廓渐渐完整了，他也黯然。谜底揭开，是一个宿命的天才，因为不甘宿命，将爱与现实分解，用伤害回馈伤害。

这个叫野村芳太郎的导演，故事讲得清澈舒缓，弛大于张，有大将之风。我倏然想起，我对他的认识是因为《八墓村》，横沟正史曾是我的大爱。

第二天傍晚，我又去了影音店，发现没有开门。事实上，仅仅是将一楼一个单元房改造而成，封住了阳台作为门面。因为外观过于朴素，几乎看不出是一家店。然而，近旁有一块原木的牌子，上面用楷书写着“物质生活”。字的笔画是镌进去的，内里着了墨。看得出，用了很多的气力。

没有人会在意，这城市里充满了变量。何况一家不起眼的店铺。

黄昏的时候，我下班回家，看到她站在小区门口。她手里拿着一沓传单，见有人过来，就伸出手去，动作机械。有人摆摆手，没去接。有人接过来，看一眼，往前走几步，顺手塞进了近旁的垃圾箱。

她的神情还是很严肃，没有笑容。

我在想，这是不利于她的事业的。

我走过去，接过她手里的传单。其实在这个身处闹市的小区，每天都会收到各种各样的广告传单。街头、信箱，甚至插在你的汽车倒后镜上。内容无非是米粉店的“开业志喜”，或者手机美容店的“买二赠一”。文字与图案都是喜气洋洋的。

然而，我手里的这张看得出是精心设计过的。黑色的底，是一张光盘的形状。沿着盘片的弧形，密集地写着一些人名，大多是导演的名字，有些我并不认识。它们交织排列着，有如清冷夜空中繁盛的星斗。

下面是四个银色字：物质生活。单上另外附了一张名片，用订书机订上去的。有店铺的地址、预订货品的电话号码，也有一个名字：裘静。

我走开了几步，听到后面有微弱的声音："谢谢你。"

我错了下神，回过身，她低着头。这时候，夕阳的光线打在她的脸上。她已经不年轻了。

"物质生活"成了我优游生活的一个补充，它不再那么空洞。我没有预见到后来所发生的事情，因为它只是我规律生活的一个环节。三不五时地买一张盘片，仿佛经过小区的路口，顺手买上一只钵仔糕。卖糕饼的大爷，佝偻着身体，数年如一日地坐在那里。你走近他，他会笑，但是绝不多说一句话。

这小区里的，都是熟悉的陌生人。

我看过了《零的焦点》《影之车》《鬼畜》《迷走地图》，几乎是野村与松元珠联璧合的全部。走进影音店，这一天店里热闹些，我才发觉柜台上多了一台小电视。扫了一眼，在播卡拉OK。声音是Bryan Adams的，图像却是俗艳的背景。那时候还有很多这样的卡拉OK，留着大波浪发的泳装美人，毫无意境地对着镜头傻笑。

店主，现在知道叫裘静，捧着一本书在看。

我照例在架上翻翻找找。如果没有收获，裘静就会走过来，果断地推荐一部。她很少失手，换言之，我也就很少买错。

但是，今天她好像有些心不在焉。

Bryan Adams的声音戛然而止，店里突然就变得很冷和安静。

“小弟。”

我有点茫然地抬头，以为她在叫一个熟人。

但是这次很清楚，她在看着我，神情依然严肃，但目光柔和了些。

我说：“啊？”

我手里正捏着一张《*E.T.*》修复版，还没想好要不要放回架上去。

裘静合上书。我一眼看到，这本书的作者是一个著名的影评人，笔名怪异，是我的老乡。

“我们聊聊天。”她说。

我说：“哦。”

她说：“你在读书？”

我说：“没，工作了。”

她摇摇头说：“看不出。”

我在想，是不是我整天脸上都挂着“无所事事”。

于是我说：“是工作了，在出版社。”

她说：“工作的人，不看这些。”

说完，都沉默了一下。她看一眼表，站起身："我要打烊了。"停一停又说："接我儿子去。"

我说："哦。"就准备走出去。

这时候，她叫住我，从面前的盒里抽出一张碟："新片子，名叫《大象》。"

我接过来，手伸到裤兜里。

她挡一下，说："这张送给你。在你身上赚不少了。"

湛蓝的封套上，是金发与黑发的青年男女。这蓝的颜色如此不肯定。当我看到导演是格斯·范·桑特（Gus van Sant），想起多年前看的《心灵捕手》（*Good Will Hunting*）。年轻的马特·达蒙，演绎鲁莽的草根天才，所有的神情都丝丝入扣。这导演太钟情和擅长于人的兴奋与落寞。但他不善于向人致敬，《惊魂记》将希区柯克拉下了水，便无法浮起。令人失望到极点。

《大象》（*Elephant*），这标题让人想起林奇（David Lynch）的《象人》（*The Elephant Man*）。当最后一声枪声响起，我想，范·桑特回来了。冷静地，不加掩饰地自制。波特兰当地的高中生，平凡的一天开始了。工整而寂静的影像，谁也看不出酝酿着爆发。简洁与日常交缠往复，神情落寞的女孩、醉酒的少年约翰、遭人议论的情侣。年轻的照相师，将人物概括成了命运的螺旋。课堂上的戏闹，温暖却隐隐不安。缺乏头绪的、精致的运镜，从容优雅，也是桑特的。但不同于《杰瑞》（*Gerry*），不再是难以拆解的私隐的密码。它的开放有目共睹。无休止的长镜，笔锋一转，虚焦处是少年与玩耍的狗。计算机射击游戏，预兆残酷的现实演习。生活就是生活，一切意外都是汹涌的暗潮。当血腥的校园屠杀案真正发生，那双嗜血的手，几个小时前还在弹贝多芬的《月光奏鸣曲》。温柔与暴力一样永恒，皆无缘由。直到沉闷被枪声划开了裂口，鲜血哗然而出。但是，那双绝望的眼睛，依然纯净得让人心悸。

我拉开窗帘，外面一片大亮，心里也舒畅了一些。范·桑特让你想到了一种独立的生活，真实而消沉，呈现靡遗。

再见到裘静，是在三天后。店里轰隆作响，裘静低着头在吸尘。看到我，关了吸尘器，将头巾取下来，在胳膊上掸一下。抬起头，我觉得她的脸色和悦了些。

走进去，才发现柜台底下有个小男孩，坐在小马扎上。男孩长得很清秀，眼光却有些怯。和我对视了一眼，又转过头盯着电视屏幕。电视上在放《麦兜的故事》。“马尔代夫，椰林树影，水清沙幼，坐落于印度洋的世外桃源……”麦兜活在幸福的谎言里。“香港山顶一日游”快乐而苦涩。小男孩看得咯咯笑。在这个年纪，大约还看不出，这部电影其实是个悲凉的成人童话。

“路仔，叫叔叔。”小男孩抬了一下头，沉默下去，笑声也没有了。裘静走过来，把男孩手上的“奥利奥”拿过去，说：“这么甜，吃没个够。”然后用毛巾擦擦男孩的手。

边擦边说："还没上幼儿园，没有户口，什么都难。"

我说："你不是本市人？"

她苦笑了一下说："这个城市，有几个本地人？"

男孩仰起头，认真地听我们的对话。

这时候，有两个客人走进来。裘静走过去招呼。我走到一旁，发现架上多了阿巴斯（Abbas Kiarostami）的新片子，红壳子，叫作《十》（*TEN*）。

我取下来，走过去付钱。裘静在找钱的时候，塞给我一张传单，说："周末有个电影观摩会，在大市口，是内部的活动，有空就来吧。"

当我转身离开的时候，看见有个平头男人从里间走出来，嘴里叼着一根烟。他略略张望了一下，从碟架上拿了一只打火机，又走进去了。

TEN，DV的影像让人有些眩晕。长久的镜头，对准了女出租车司机的脸。这是一个人漫长的工作过程，仿纪录片的风格：琐碎的言语交流，剧情的极致淡化。出租车在德黑兰的街头停停走走。离了婚的伊朗女人，只是为了独立事业的权利。十段对话，发生在司机与乘客间，各自剖白心事。面目模糊的老妇，萍水相逢；订了婚的女人，祈祷后幸福的表情和声音，有些刺痛听者；把玩传统的风尘女，是伊斯兰世界的异景，她嘲笑司机对爱情与婚姻的余念，再次上车，却只是饮泣。哭泣的还有订婚的女人，因为婚约取消。

唯一的男性角色，幼小的伊朗男孩，司机的儿子。他不理解，也无法原谅母亲。单薄的身体里是巨大的男权的暗影。在疏淡的全球化背景下，这辆出租车承载着传统重荷，且行且远。还是那个阿巴斯，不判断什么，也不期望什么，一个人在人群中安静而热闹地生活。

这部电影，多少是沉闷的。沉闷的不是剧情，而是缺乏希望。未来太过确定，谁也无法改变。我打着瞌睡，看到影片的最后，儿子又一次坐进母亲的出租车，冷冷地说："带我去奶奶家。"

大市口是闹市里的荒凉地。早年是工厂区，工厂搬去了远郊，厂房却留了下来。又过去了许多年，落寞与破败一如既往，内里却被另一种力量渗透。一些艺术家悄悄地进驻，改造了它的质地。这些厂房，灰暗粗糙的皮肤底下，有了新生的血肉。独立画廊、摇滚乐队的排练场、民间小剧场，各行其是，自得其乐。

然而穿梭在这些厂房间，却看不到太多生命的迹象。裘静提供的地址，在这个厂房区最边缘的地方。门口有个戴棒球帽的人，看了我一眼，伸出了手。我将那份传单递给他。他对我努了努嘴，冲着近旁的铁栅门。我掀开门上厚厚的布帘，走进去。里面很黑，可以看见一些稀薄的光。在转角的地方有一个楼梯，也是狭窄的。

走上去，才听到有声响。迎面的银幕，在黑暗里有些刺眼。半裸的青年，凶猛地扇了女孩一个巴掌。脸部放大的特写，让我看清楚，不是愤怒，而是某种不知缘由的兴奋。

里面已经坐满了人。我茫然地站了一会儿，旁边有人往里头挪了一个位置，让我坐下来。我感激地看一眼，他摆摆手，指了指前头的银幕。

这部影片有一个学生运动的背景。青年男女有着刚硬的对白与行为，我行我素，爱恨由人。包括犯罪，其实没有不得已的初衷，更像是为了充实快感。敲诈、斗殴、相互算计，在年轻的底色下直来直去。终于，她对她的猎物，一个中年男人动了情。或许只是一瞬间的体贴，因为她的哭泣。她离经叛道的刺，软化成世俗的欢爱。最终，他们都仓促地死去了。大岛渚的《青春残酷物语》。

电影《青春残酷物语》海报

这时候，旁边的人点起一支烟。味道蔓延，有一种格外清凛的气息，发着一些苦。我当时并不知道，那是大麻。

灯亮了。我看见裘静站在最前面和人说话，眼神有一些散。然后又走到后面来，将放映机关上了。一束光灭掉了，人群散了。裘静这时候看见了我，微笑了一下。她身后走来一个男人，平头。这次看清了眉目，有些凶。他将手搭在裘静的肩膀上。裘静猛回过头，将这只手轻轻拿掉了。

“切——”我身旁有人发出不屑的声音。我转过身，这才看清楚我的邻座，是个瘦削的年轻男人，留着中长的头发，脸色有些发青。他对我笑一笑说：“罗晓鲁。”声音有些含混，烟还在嘴里。

罗晓鲁告诉我，他住在西夏路，所以搭伴去车站。他告诉我他是美术学院的老师，教油画和木刻。我说我在出版社工作。他说：“出版人，好，以后出画册找你。”

然后我们就再没有说话。快走到车站的时候，他停下来，问我怎么会认识裘静。我说：“在她的影音店认识的。”他又笑了，说：“那个是小生意，她主要是卖这个。”他举起手里的烟，在我眼前晃了晃，然后使劲吸了一口，将烟头弹出去。

烟头划了道弧线，落在一个中年女人脚边。女人轻盈地跳了一下，然后开始骂娘。

看到这阵势，罗晓鲁拦了一辆出租车绝尘而去。

快到年度盘点的时候，社里有很多书半价销售。有一套意大利黑猫（*Black CAT*）的幼儿学习丛书，看上去不错，我就买了下来。

我将书放在柜台上说："送给你儿子。"

裘静眼睛一亮，语气倒很平静："瞎花什么钱，他也不认识几个字。"

我蹲下来，将一本书放在男孩手里。

男孩看上去比前阵子胖了一些，还是怯，眼光有些发直。我看他将书打开。

我说："还没上幼儿园吗？"

话音刚落，就听到"刺啦"一声响，男孩将道林纸的封面整个撕了下来。撕得很仔细、很专注，蹙着眉头，好像在做一件严肃的事情。

我一时有些发呆。

裘静走过来，一巴掌打下去。男孩应激反应一样护住了头，埋下身去，没有再抬起来。书落在了地上。

裘静捡起来，说："就是这样，哪有幼儿园敢收。"

我愣了好一会儿，还是问："这孩子怎么了？"

裘静的声音，几乎有些轻描淡写："自闭症。"

然后又轻轻地说："报应。"

《蓝丝绒》（*Blue Velvet*），戴维·林奇在一开场安排了明亮湛蓝的天空与白色篱笆及娇艳欲滴的玫瑰和郁金香。镜头在美国小镇和平生活的一天景色中游移。Bobby Vinton的声音抑郁，隐隐埋藏不安。草地上的杀戮，残缺的耳朵。好奇的青年，伤痕累累的女主角，是畸恋的见证，由抗拒到耽溺。曼妙与高贵的蓝丝绒下，腐败、阴暗与邪恶。林奇和你做心理游戏，步步为营，牵引你进入他的陷阱。当你知道错了已难以自拔。结尾依然平静，只是告诉我们，生活的画皮之下，险象环生。

我决定去裘静那儿找找《穆赫兰道》（*Mulholland Drive*）。这片子似乎更为晦涩。但相比对这个导演的好奇心，却算不得什么。两个脸色苍白的青年人，从影音店的里间走出来，眼神兴奋得有些茫然，遇到我有些躲闪。他们耳语了一下，侧了侧身，从我旁边走过去。我们之间有了不必要的宽阔空间，好像我是庞然大物。

又到大市口是在两个星期后。那天天气阴沉，空气里像是可以拧得出水。在这南方的城市，有许多水淋淋的日子。而这一天，却有一种炙热将水变成了气体。四周比夜晚更加令人辨识不清。但是因为格林纳威（Peter Greenaway），我还是决定走一趟。

一直听说《厨师、窃贼、他的妻子和她的情人》（*The Cook the Thief His Wife & Her Lover*）是一部奇片，不容错过。

走进放映室，银幕上是鬼影幢幢的建筑和有气无力的霓虹灯。水泥地面泛着金属的幽蓝光泽。那个叫作窃贼史伯特的男人出现。暴力、殴斗，无主的野狗兴奋低沉地狂吠。

猩红色调的餐厅，极致表现主义的浮华。餐桌陈设、屋顶，红得太浓烈、密集，令人疲惫。窃贼盛装化身老饕。食客盈座，人声鼎沸。空气中是贪婪的气息，茂盛地繁衍。

厨房冰冷的暗绿色，连场上演着妻子乔治娜和情夫的情爱哑剧。肉体缠绕，静冷的灯光里蔓延着欲望。腐烂的气味，压抑的氛围潜藏着密集的性。诡异肮脏的美感。

停车场。餐厅的后院，幽暗的蓝色笼罩着它，老饕发泄着最隐秘残酷的冲动。被监视的妻子遭受凌辱，周遭是暧昧沉默的夜色。逃脱。妻子和情人浑身赤裸，藏在生蛆的腐肉中，厨师驾车送他们奔向出路。

被烹制的情人成为老饕最后的盛宴，也是格林纳威对裸露的极端隐喻。七个贪得无厌的夜晚。刻意营造的形式将银幕导向粗鲁的现实。人类的欲望是如此不堪一击。即使有舞台的间离效应，异质的影像仍然过于浓烈，令人不适。内里却是恻隐。

电影在枪响中落下大幕，我一时有些发愣。这时候有人走过来，经过我，低声说："走，去喝一杯。"

是罗晓鲁。不过一个月的工夫，他的头发剪短了，留了个冷飕飕的平头。

罗晓鲁并没有等我回答，就这么走出门，我只好跟上去。看他在前面走，是昂首阔步的样子。一双军靴踩在雨水积成的水洼里，发出哗啦哗啦的声响。他也没有避，又踩进下一个去。

走到百花路，他的步子才慢下来。几年前这条路上开了酒吧。

开始是一些点，后来连成了片。因为都是民房改建的，格局都差不多，主题却有些不同。我进去过的其中一个叫作“蒂果主义”，其实是个“反帝”的酒吧，民族情绪浓重。还有一个“大眼狼”，是个内蒙古人开的，里面的烤肉很好吃。

他在一个酒吧前停住。这个酒吧门面阔大一些，门框上镶着巴洛克式的石膏条装饰。半面墙上是德拉克洛瓦的作品《自由领导人民》，但人物的身形比例夸张，是卡通版的。门楣上有两个笔画稚拙的字：马赛。

我们在招摇不定的灯光里坐下，台上有个面相成熟的女人在唱*Hero*。罗晓鲁一直埋着头，面前是一杯马丁尼。

大概过去了半个小时，我听他呷了一口酒，轻轻说了句话。

我问：“什么？”

这时候他抬起头，说：“我被美术学院除名了。”

我有些愕然，迟钝了几秒钟，还是问：“为什么？”

罗晓鲁掏出一包烟，抽出一根，点上。他把烟举到我眼前，缓缓地说：“为了这个。”

看着这根烟，没有任何异样。接过来，这时候烟柱袅袅升起，有些发蓝。我终于闻到一种类似于燃烧草木的清苦味，这不同于任何香烟的味道。并不浓烈，却有些冲鼻。我猛然回忆起和罗晓鲁的第一次见面。

“是大麻。”罗晓鲁声音清晰地重复了一次，“大麻。”

我的手抖一下，烟掉落在桌上。

罗晓鲁似笑非笑，恶作剧的神情。

“大麻抽多了是不会过瘾的，我偶尔加一点可卡因。它们对没灵感的人真的有好处。”

他轻描淡写，仿佛在介绍一种胡椒粉配方。这是准备激怒人的，我将那根烟狠狠地捻在烟灰缸里，说：“你好好的干吗抽这个？”

罗晓鲁死灰一样的脸，轻微地抽搐起来了。他贴近了我一些，眼睛里有灼热的光亮。我听见他说：“你应该去问影音店的老板娘。”

这时候酒吧的背投电视上出现了约翰·屈伏塔的面孔。年轻的热烈的音乐，不合时宜地响起来。《油脂》（*Grease*）大约也是许多年轻人一时的梦，尽管这梦来自大洋彼岸。副歌的部分有人和上去，是有口无心，却顺理成章。

这首歌成为刚才那个话题有益的间歇。我重新镇静下来。罗晓鲁说：“你知道吗，其实我也很奇怪，她为什么现在还没有对你下手？”

我头脑里开始勾勒这个女人的脸，却支离破碎。

罗晓鲁抬起手，在后脑勺上抓了一下，手指有些犹豫。我想他是抓了一下已不存在的长发。这时候酒吧的门响了，走进来一对陌生的男女。这两个人带动了罗晓鲁本来虚无的视线。

这时候我听见他说：“我第一次见到她，觉得她真美。她这样子的人是很少的。这城市的女人都急吼吼的，不是吗？可她话那么少。后来熟了，话多一些，聊的也只是电影。再熟了，知道她是一个人，儿子留在外地。她说影音店生意其实很清淡。可她不要人接济，我就把供房剩下的钱，都来买了她的碟。会员制的法子，也是我想出来的。只是没料想她后来用这法子做了别的用途。”

罗晓鲁苦笑了一下说：“谁知道她什么时候和丁黑搭上了。”

我说：“丁黑？”

他说：“嗯，你大概见过。上次在放映厅，站在她身后头。这人有点势力，也不知到底是做什么的。哦，其实她第一次给我东西抽，我就知道是大麻。我没点穿。我心想，只要能帮上她。那阵儿我天天都问她有没有货，她以为我是上了瘾。其实，我买了也就是囤着。后来，我知道了她也卖给别人，还发展了下线，用的就是会员制的名堂。我才知道，她是当生意来做了，把自己也当了货。知道也迟了，我就真的抽上了。”

罗晓鲁一仰头，把酒喝干净，连杯里的冰都嚼得脆响。他打了个响指，说要点首歌。罗晓鲁站起来，脚底有些发飘。我想扶他一下，他胳膊一甩，挡开了，摇摇晃晃地走到了台上去。音乐响起来我便知道，他是要将这首歌点给自己的：*Hopelessly Devoted to You*。

灯光暗淡，罗晓鲁身形瘦削，影子投在身后的墙上，曲折细长。嗓音却是浑厚的，这首歌里的痛就深沉了些。我付了账，自己走了。

在下一个星期二，我终于见到了裘静。看到我，她眼里有了一点欣喜。她拿出一张影碟，说是侯孝贤的新片子——《咖啡时光》，给小津安二郎的百年纪念。

我犹豫了一下，说：“咖啡没有烟的味道好。”

沉默是意料中的。

她声音低沉地问："谁告诉你的？"

我没有说话，看见影音店里间的布帘子，被小小的手掀起了一角。小小的男孩探出头，警惕地张望；然后走出来，在房间一角的小马扎上坐下来；再抬起头，眼睛里却有安详的光。

我说："你不该这样生活，哪怕为了孩子。"

裘静翘起嘴角，一瞬间已恢复到了初见时的面无表情。她用更为平淡的声音说："这孩子，靠卖咖啡养不了他。"

这时候，我听到小马扎不安地动弹了一下。小男孩的眼神紧张起来。他轻轻咳嗽了一下，开始尖叫。

裘静迅速走过去，将一副硕大的耳机戴在孩子的头上；然后蹲下，紧紧搂住那孩子，缓慢抚摸着孩子的头。男孩安静下来，喃喃自语。

这时裘静回过脸，眼神麻木地微笑了。她说："你知道这样的自闭症孩子，一个月疗程的费用是多少吗？你知道一年要花多少钱吗？"

我并不知道。

我在长久的语塞之后，说出了苍白而愚蠢的话。我说："孩子的爸爸呢？"

裘静的肩膀颤动了一下。

她说："你走吧。"

我木然转过身，听到裘静轻轻叫住了我。她将一张影碟塞到我手里，然后说：“你走吧。”

我至今不知道，在那一瞬间，裘静为什么拿了这部电影给我。或者，只是因为顺手。

是那部《*E.T.*》二十年纪念的特别珍藏版。封面上是蓝色天幕的背景，两只灵光一触的手指。

我坐下来，看到了小外星人在CGI技术的修补下完善生动的脸。再次听到年幼的德鲁·巴里摩尔那声著名的尖叫，当时她只有六岁。

我还可以说什么。当E.T.学会了人类的第一句言语，“E.T.打电话回家”，影片中洋溢着惊喜的声音。我感到一阵心痛。这其实本质上是个在讲述孤独的电影。孤独的可以是一个，也可以是一群。

影片的结尾，小男孩艾里奥特载着E.T.与伙伴们，骑着自行车奔向太空。或许，只是不知名的未来。我按下了暂停键，看那硕大的蓝色月亮悬挂在漆黑的夜色中，里面有深暗的阴霾。

于是，对于裘静与“物质生活”的消失，我没有太多的意外。仿佛她的出现，也是某个顺理成章的起点。

所有的，都已过去了半年。

是的，还是那个女人，趴在柜台上，手里夹着一支烟。水静风停。外面一片澄净，是午后的好阳光。

“唰”的一声。我睁开眼睛，看见一个工人正用力将一张纸从墙上大把地撕下来。声音在空旷的室内回响，裂帛一般。

那曾是一张电影海报。

《三十九级台阶》。

（己丑年于香港）

绘色

色取之于光影，绘之以文字……

后章

绘色观

第1节

青春到此一游。

那些旧时光，关于成长。

青春的解决方式，是无秩序的，有些荒诞，也有些暴力。

青春

初看中国第六代导演的作品，禁不住揣测他们身上会有些大师的投影。《小武》令人不由得联想到出自布列逊的《优雅扒手》（Robert Bresson, *Pickpocket*, 1959）。而《十七岁的单车》的寻找主题，则像是摆明了向《偷自行车的人》（Vittorio De Sica, *The Bicycle Thief*, 1949）额手致敬。

用心看过片子，方明白是个误会。如果给“单车”强加一个需要致敬的对象，其实是“青春”二字。已然走出年轻的导演，言明自己的拍摄意向和少年成长路线（Coming of age）息息相关。

电影《偷自行车的人》海报

整部电影呈现了某种动荡不安的基调。这种基调是相当尖锐的，时时处处有着要将观者的视觉经验打开一个缺口的意图。某种熟识而陌生的东西哗然而出。电影的主线是关乎一辆单车的失与得，以及得失之间延伸出的故事。为什么选择一种交通工具作为叙事的载体，导演王小帅在宣传资料里道出心声："自行车对于中国人民有特殊的意义，我们都经历了那个时代——十几二十出头时，我们为得到第一辆自行车而兴高采烈，或为丢失一辆而伤心。那也是我们经历初恋和成长的年代，对于我们那一代，这些感受已渐渐消逝或彻底忘却，但许多人仍在度过这个阶段。这就是我拍摄这部影片的目的。"

初衷单纯而温暖、平易。在主题的选择上首先抛却了先验的重荷。又要提到《偷自行车的人》，德·西卡的沉实是与生俱来的，那种灰暗的基调，关于父子间的信任与崇拜，以及之后轰然坍塌的绝望感都压迫得人抬不起头来。这股力量一方面出于导演者天性中的悲悯，另一方面也来自紧凑的情节与情绪的起伏。王小帅反其道行之，在叙事的处理上刻意呈现出了一种冗长的线性风格，并以一些稍显琐碎的分镜头不时地对主线做着干扰，如小保姆红琴在影片中诡异地复现。王小帅残酷地将“追寻”的战线拉长了。情绪的振幅因为情节的疏淡而弱化，是一种貌似疲沓的延伸，是轻描淡写下的冷漠。

这是王小帅眼中的青春，粗浅、出其不意、不稳定，有些无所事事与小题大做。少年坚和贵，不期然地将各自的命运纠结在一起。青春的天平以一辆单车为支点，在二者之间摇摆不定。这辆单车远远超越了作为道具的指涉，成为影片中的主角。于农村孩子“贵”而言，单车是他的衣食父母。快递公司经理的一句话给他定了性，你是“新时代的骆驼祥子”，这本身就含有命运多舛的暗示。之后他在片中有很多挣扎的镜头，其实象征了某种关乎求生的本能。而对城市孩子“坚”来说，单车并非必需，可以理解为奢侈品。而其功用同样重要，因为其充当了坚与异性交往的媒介。心理的萌动、初恋的波折都围绕这辆车的得失展开。单车于两个同龄少年的意义，终于有了根基，和人类最原初的食与性的本能一脉相承。

这就解释了坚和贵对于单车何以表现出相似的偏执，在影片中用北京方言中的字眼——“轴”来概括。这是他们以外的人所无法理解的，针对他们的非议如出一辙：“为那辆破自行车，值吗？”“不就一辆车吗，再买一辆不就完了，至于吗？”影片得以展开，是因为两个孩子之间的拉锯战，为了争取单车的使用权。有人将电影中的矛盾冲突归结为城乡差别与贫富差距，这自然是一种泛政治化的论调。事实上在片中确实存在着某种价值观的交缠，本质却是对两种不同的青春表达方式的倾斜与反复。贵在影片中始终表现出的是某种小心翼翼的认真，主人公用沉默与执着来表白自己。他的寡言使他吃亏不少，他无从解释，只是强调“这辆车是我的”。他的木讷使他在困境中（如被群殴的场景）也只会发出最诚实的呐喊。这多少是令人痛心的。而坚相对而言则不是很讨人喜欢。这个出身贫寒的孩子，有种和他年龄不相称的世故，当然在某些情况下也体现出颇为动人的自尊。他的理想实际上是积极地把自己塑造成一个小市民眼中的英雄。而他对感情则是完全真诚的，这使他刻意凸显的轻浮性格沉淀下来。那个女孩儿美得令人目眩，她在影片中的突兀出场也因此被谅解。她在形象上是单薄的，只是福斯特（E. M. Forster）所定义的“扁形人物”，充当了欲望的靶心。但她又是举足轻重的砝码，在男孩坚的心理标尺上微妙地游移，四两拨千斤。

这场关于单车的纠纷原本可以男孩间的相互妥协而告终，青春的冲撞与默契终究会有一个归宿。其间有些很见匠心的细节，比如几个孩子在空旷的烂尾楼里练车，去体会失衡状态下悬崖勒马的一瞬。这是青春在手中的运筹帷幄。比如坚在女孩身边的徘徊，那种躁动的、有些节制的举动，好像是雄性的小兽求偶时发出的信号。欣赏王小帅在拍摄中的不露声色，机位经常是遥远的一隅，永远是冷静的，不加干涉的。

影片的结局多少出人意表。伤痕累累的贵扛着自行车在街市上昂然走过。背景是最本分的北京城，平稳、迟缓、沉重。音乐响起来了，旋律隐隐地不安分着，是一个总结。概括了青春的解决方式，是无秩序的，有些荒诞，也有些暴力。

假期

引言

夏日将至，听侯孝贤讲故事。若干年前的酷暑天，一个叫冬冬的城里孩子，在乡下的短暂成长经历。人生小品式的光影纪念，曾获法国第七届南特三大洲电影节最佳剧情片奖、第三十届亚太影展最佳导演奖、瑞士第三十八届洛迦诺国际电影节特别推荐奖。

正文

海明威的寂寞与死亡，契诃夫的悲悯，谷崎的异色美，屠格涅夫的贵族品格，每人都有一套的。侯孝贤的是什么呢？……真味与真知，这个应该是侯孝贤的电影。

——朱天文著《恋恋风尘》

侯孝贤的电影，鲜有不打上朱天文的印记的。朱天文与吴念真，好像侯氏的左右手，只是朱天文这只手掌阔些、厚些。

《冬冬的假期》是朱天文儿时的小传。与小说中用笔的奢华不同，朱的剧本行文有种恳切的口气，很脚踏实地，所以和侯孝贤的叙事风格可以水乳交融。侯和朱都喜欢细微实在的东西。他们的合作可视为对“台湾新电影”一些基本原则的诠释。诚如资深影评人焦雄屏所言：“他们都努力从日常生活细节或是既有的文学传统中寻找素材，以过去难得一见的诚恳，为这一代台湾人的生活历史及心境塑像。”但侯孝贤绝不是个沉溺于琐屑的人，他的早期影片有些锐利的调子，时时体会得到生命力的激荡。而从《风柜来的人》到《冬冬的假期》，似乎完成了侯孝贤影像生涯的一次过渡。影片的旋律忽而熨帖，有些精细与淳厚的笔触，包裹在温暖的注视之下。

《冬》片记录了一个城里孩子在乡下外公家的成长经历。这是主人公在短期中自我发现的过程，同时也体现了导演对自我风格的发现与探索。以乡村为中心的价值系统在相当长的时间里作为侯孝贤叙事立场的基石而存在，几乎成为其创作的初衷与情结，被不断地重复与深化。而对青少年成长阶段的关注，则成为侯孝贤探讨城乡主题的切入点。《冬》片的意义在于其以非常明确的方式涵盖了以上类型电影的要素：农耕文明向工业文明过渡的进程、个人在历史记忆中的成长、传统家庭的逐渐解体以及对于乡土童年的留恋。

影片伊始，冬冬在苗栗车站等待小舅一场，遥控汽车的冲撞与乌龟的退缩，将城乡的关系以写意的手法呈现出来。而二者的交换，以最快捷的方式实现了融合。冬冬投身于陌生的乡野与伙伴之中仿佛是无障碍的，实际上体现了导演者的愿望，是一种东方式达观的人生态度。冬冬作为一个外来者出现，因为年少，还难以对新环境做出理性的审视与思考。相对而言，他更多的是被动地接受乡村对其人生经验的撞击。他的成长，也主要体现为在这个悠长假期中心理上时而经受的些微的痛感。

侯孝贤的影片往往呈现出疏淡的面目，有众多缘由，其中之一是他从来不喜将影片中的矛盾集中地体现。《冬》片中有很多精致的伏线，穿插于非常生活化的镜头之中。包括外公与小舅的冲突，小舅与林碧云的情史，癫麻寒子的不幸遭遇，甚至警方对两个抢劫犯的追踪。但由于因果关系战线的拉长，题旨在多元叠合的发展状态中愈见淡化。影片也因此给人信马由缰的错觉，而在错觉中，一种平实、安详、最接近原生态的乡野生活模式，已不经意地建立起来。

冬冬迅速地适应了乡野的生活，乡村包容并蓄的特质将他席卷进了另一种现实，其中也蕴含了他所体味到的淡淡的罪恶与生存的挫败。他在成长中忧伤和接纳着，并没有格格不入的感觉。唯一让他产生异质感的却是外公。导演设计了一个非常有趣的细节。冬冬犯错后被罚背古诗，面对严厉而寡言的外公，冬冬发出了“独在异乡为异客”的呼声，几乎叫人忍俊不禁。对于冬冬而言，德高望重的外公是不可亲的。他扮演的是中国传统文化道德观的坚守者，他与小舅之间的芥蒂，也根植于两种文明形式的交锋。而外公又是可敬的，他是个无论穷与达都愿兼善天下的人物，身为医师的他甚至因为拯救病人而放弃探望自己生命垂危的女儿。

在经历了种种之后，观者会发现外公实际上具备了中国男性几乎所有的传统美德，隐忍、宽容、自省且内敛。然而，这些又是在城市文明中浸染多年的冬冬不可理解的。当外公带着冬冬到祠堂细述家族的过往时，冬冬仰视那古旧的旗杆已架上电视天线，同样是目光迷茫。外公说：“做父母的不能看管孩子一辈子，只有在他还没走入人世前，先给他打好根基，教给他作为一个人起码该有的东西。”

很简单的一句话，却是人性尊严的流露，其中却也含有了老一辈的价值观念向后辈的某种妥协。外公这个角色，寄予了导演对于传统伦理的认同感，同时有一种类似于凭吊的哀伤。

诸如此类的细节里，我们也可以体会到侯孝贤相当沉郁、精练的叙事风格。侯对主题的拿捏很有分寸，特别是涉及家庭伦理的追溯类影片，其功力尤为沉厚，也曾有不少人将之与日本电影大师小津安二郎相提并论。二者成熟的美学品格、独特的技巧运用的确有许多可比之处。侯孝贤似乎接过了小津的薪火，实际是无心之约。朱天文曾在《恋恋风尘》中写道：“认识小津安二郎的经验差不多也是这样。之前听过影评人谈侯孝贤电影时，常会提到小津，但也不甚清楚小津是干什么的。拍完《童年往事》后四个月，侯孝贤去法国参加南特影展，在巴黎看到一部黑白默片《我出生了，但是》，第一次遇见小津电影，惊为天人。”

现在看来，小津和侯实在有不少英雄所见略同之处：对社会人生真诚而质朴的关注，含有东方传统文化特征的人道主义观念，乃至因之而来的拍摄手法的运用与理念的贯彻。

小津与侯的影像，经常选取单镜头场景，流逝的物理时间以意境化的方式转化为禅意化的时空，几乎没有刻意的剪接技巧，直接而原生态的“切”是其最偏爱的转换时空方式。他们的电影的节奏经常不是来自外部戏剧性叙事的节奏，而是在微弱的外部叙事进展中所造成的心理节奏、意境的节奏。

小津的电影所一贯采取的低角度正面机位（Pillow Shot），其视点与机位的端正及微微的仰角，表示了对人性的谦恭和肯定，同时体现了一个艺术家有礼有节恬淡克制的观照世界的方式。侯孝贤则以他独特的固定长镜头表现出倾听、注视的人文态度。其一方面传达出情绪完整性，另一方面特意运用超越功能性空镜头的所谓“情绪性空镜头”。这些镜头的构成是不承担叙事功能的，却令人感受到深含其中的意境以及简洁镜语中的弦外之音。在《冬冬的假期》

中，长镜头场面调度的大量运用以及深焦镜头的前后空间感，在深远的小巷中摄影机克制不动靠演员来调度的打斗场面，前后景画框空间的利用，都体现了人与环境的一种关系，主体与客体的一种关系。相对于小津对外景运用的吝啬，侯孝贤似乎更长于封闭性空间与开放空间的转化，达成了一种“人化于境”的影像和谐。

这种和谐带来更多诗意化的特征，如侯孝贤自己所说：“（影片）应该是从少男的情怀辐射出来的调子，纯净哀伤，文学的气味会很浓，是诗的。”在这种个人化的美学倾向下，人与自然以一种相濡以沫的方式得以展现。很多司空见惯的“物”也成为表达生命流程的媒介与窥口，担当了少年成长历程中的坐标。

侯孝贤从不掩饰自己对于“原始”的依恋，往事一去不复返的生命体验是痛苦的，而在这种体验中成长又是幸而不幸的。在《冬》片中，侯反复地运用了火车这一意象，冬冬在给父母的信中写道：“每当窗外的火车飞驰而来的时候，我都很难过。”在片中，山线火车担任的不只是道具。在《冬》片拍竣的三年之后，由于山线的隧道桥梁老旧，单线铁路也不敷使用，台铁开始了新山线的兴建工程，并于一九九八年九月完工。肩负历史重荷的老山线也由此功成身退。

譬若少年

佛童

引言

开初考虑把《冬去春来》与《童僧》放在一起写，动机单纯，因为两部电影同样以佛门少年的成长为题材。这并不代表它们是同一模式的类型片，更重要的是其对于导演者本身的意义。后者是朱京中七年磨一剑的作品，而前者为金基德一贯的情色路线，画上了一个微妙的句号。

正文

《撒玛利亚女孩》为金基德赢得了柏林银熊奖，成为他导演生涯的一座里程碑。但是个人认为，真正令观者刮目的，却是这部《冬去春来》。并非此前对导演的能力有所质疑，而是看清了从情欲的帘幕后走出的金基德，摆脱了俗世的雾障，洗尽了铅华的面目。

寺门吱呀，和着季节错落的节奏，悄然开合。在影片的开头，心下倏然安静了。写意的远景美轮美奂。四季的流转在意象化的运镜中平滑地演进。金基德对于形式感的讲究经得起严苛的推敲。唯美如他，才会精心打造一座漂浮在湖面上的寺庙。一如《漂流欲室》中的浮屋，这座建筑再次勾勒了亲水的金基德埋藏在意识深处的海市蜃楼。虽则耗资不菲，却终究没有辜负导演的苦心。

导演需要的是个与世隔绝的出尘之境，镜湖斗室不由自主地与尘嚣划清了界限，安静得有些令人窒息了。乌飞雀走，悄然无声。未谙世道的小和尚与老僧人苦伴青灯，坐看风生水起。

《春》的帷幕拉开，小和尚出现。谁也无法预料等待他的会是深重的因果。他就这样步履轻盈地踏出了人生的虎度门。不得不承认金基德的天分，可以将最致命的破坏力融在最为平和冲淡的影像叙述之中。小和尚在这一章节埋下了报应的孽根。然而金导演的镜头处理是充满童趣的，质朴得甚至令人生疑。小和尚将石头缚在鱼、青蛙与蛇三个动物身上，终令其死去。他是那样天真，那样不经意地犯下了杀戒。仿佛一切顺理成章，几乎使我们忘却了游戏背后的纵欲本质。影片很快进入了自赎的主题，老僧令小和尚背着石块，命其亲身体会被草菅的生灵的苦痛。于是我们知道，佛性与人性的争锋，必然在这部影片中纠缠不清。

《夏》中，青年的主角引诱驻寺少女做下男女之事，犯了色戒，最终背叛佛门。老僧未加劝止，临别赠言："淫念唤醒了占有欲，而占有欲必将惹来杀机。"之后一语成谶。本章中的一个细节值得琢磨，小和尚因为目睹了山蛇的交媾而思凡，这是对今村昌平《楢山节考》中情节的引用。而金在影片中对蛇这一动物意象的利用则超越了今村，这在本文中稍后会谈到。

《秋》一节，十余年后，年届中年的主人公不能忍受妻子红杏出墙，杀妻后逃回寺庙（杀妻的细节是金导对其情色传统的不离不弃，在本片中已处理得相当隐忍与克制）。主人公在老僧的感化下归案服刑，老僧自焚圆寂。

《冬》一节，主人公出狱，继承老僧的衣钵，潜心佛法。蒙面女子带来一个婴孩（据推测该女子应为主角未死的妻子），而后弃婴沉潭。主角彻悟，背负石佛登高，以求灵肉的解脱。石佛从山上滑落，如同西西弗斯的自赎。

《又一春》，主角与童僧开始新的生活。一日童僧贪玩，将石头塞入鱼、青蛙和蛇的口中……

《冬去春来》，电影的原题似一道佛偈。因果与轮回，记载了一个僧人命运的编年史。这部充满禅意的电影没有坐而论道，而是致力于将佛理物化为镜头，格物于自然之中。动物成为这部影片不可忽略的隐喻性角色，穿插在主人公的人生四季中。狗、鱼、龟、公鸡、猫、蛇，其中最值得注意的是蛇。蛇是贯穿了四季的动物意象，它同时担当了受难者（春）、引诱者（夏）、羽化者（秋）、引导者（冬）的角色，在片中可谓功不可没。

不同于《冬去春来》的空灵与写意，《童僧》更加写实，基调更为入世，也温暖一些。这样的题材为中国人所喜闻乐见，朱京中也因此在日前落下帷幕的上海电影节拿到了最佳编剧奖。

也不同于《冬去春来》的旷日持久，《童僧》截取了一个小和尚生活的横断面，仅仅一年。这一年的断代，是小和尚成长历程中的一枚切片，经年重复着一个主题：盼母。

樵夫叔叔说，风铃花开的时候，也是母亲归来的时候。很欣赏片中设置了樵夫这个角色，他成为童僧都宁与外界发生联系的一道桥梁，更成为都宁在师父之外的另一位人生导师。他的随和善良，甚至变通与世故都潜移默化地影响着小和尚，吸引着后者对世俗的向往。他对佛是敬重的，他积极地担当了童僧佛性与人性的调和者。然而佛与人的悖论是他终究无法参透的，他最终的徒劳令观者都为之感到苦痛。

说老僧为樵夫的对立面未免有失公允。比对乐水的金基德，朱京中的《童僧》如同乐山的仁者，时时可感到其宽广的胸襟。作为都宁的师父，老僧的严厉是出于传道授业的责任感。而他作为人的一面，却时时笼罩着宽厚与慈爱的光晕。对于他两个徒弟的入世之举，他甚至是放任的，而又总会悬崖勒马地说教，让观者也为之迷惑。最触目惊心的是他对性的态度，他和徒弟共浴时，娓娓道来一个叫作金莫的和尚享受性爱又不为性欲所俘虏的故事。观念开通得令人咋舌，接近于密宗的教义。他甚至借钱给大和尚去城里割包皮。朱京中将这一细节处理得不动声色，但其中富于喜剧性的颠覆意味却令观者了然于心。

我们可以体会到老僧内心的交战，他出于对都宁的爱护，埋藏了后者的身世。他时时与幼小的徒弟谈禅论道，如“枫树下的巨石是在心外还是心中”之类。而都宁的愚顽似乎并未使他生出被辜负之感。他的执着在片中是有些突兀的，却为片末的一幕积蓄了巨大的张力。

都宁终究没有在晨钟暮鼓中循规蹈矩。他由于杀生，失去了被城里的妇人收养的机会。他被告知了自己的身世，他朝思暮想的母亲是个犯下色戒被逐出山门的尼姑。师父的劝诫听来如同残忍的恶咒：“你必然要清偿前生所带的业果。”影片先前明快的节奏戛然而止，露出了沉重苦痛的底色。生、老、病、死、爱别离、怨憎会、求不得、五盛阴。佛欲度众生出苦海，童僧都宁却以单薄之躯承受与生俱来的苦厄。影片中最让人动情的是他追逐野兔的情节。他犯下杀戒只是为了给自己的母亲做一条兔毛围巾，却因为最动人的初衷陷入了求而不得的因果循环。

这时听到了都宁含泪的控诉：“我整天闻着香的味道，我快要晕倒了。”师父平静地说：“外面的世界看起来对你很好，但是如果你观察这个世界，会发现充满了可怕的报应。”于是都宁明白了师父终日对他灌输佛义的苦心。

然而不堪重荷的童僧终于选择了离开，他双手合十，对樵夫叔叔道：“请平静地留在这里。我也许不再回来……会走那条起伏的路。”

本相无相何来示相，诸常无常毋须守常。唯其如此，有了关于一个童僧命运的编年史与断代史。

大门

成长是一扇树叶的门。

——节自网络流传的大学生原创歌曲

蓝色是许多人爱好的颜色，也许因为它丰富的意味。可以澄净，也可以饱满。在光谱里是实实在在的冷色，偏又带着暖意，有些难以捉摸。将克洛德·列维-斯特劳斯（Claude Levi-Strauss）的《忧郁的热带》英文标题译为*Blue Tropic*，一本正经的人类学著作顿时诗意盎然起来。说来惭愧，看这本书当初就是冲着标题去的，算结结实实地上了一当。都是蓝色惹的祸。

赛·菲尔德（Syd Field）做过三段论式的分析，一部成功的电影，应该做到在电影标题出现后的十分钟之内抓住观者的心。《蓝色大门》（*Blue Gate Crossing*）迅速俘获了我的好感，手法简单，一如影片的风格。一首影片序曲《蓝色意识》，简洁跳脱的钢琴旋律，稚嫩、认真又有些莽撞。如果你是个有颜色情结（The Color Complex）的人，你会说："是啊，这曲子是蓝色的！"

这是青春的蓝，未定性的、试探的、湿漉漉的。像是游泳池里的水，我们的男女主人公隔着栅栏，用眼睛与身体分享着。

我们的主人公叫作阿孟与小士。你会记住，她的早熟与他的单纯、她的果敢与他的啰唆。朋友的胆怯成全了他们，他和她的生活产生了交集。原本可以就此打住，那么《蓝色大门》至多是一部青春轻喜剧。可是青春不是一成不变的有轨列车，总有些出其不意，因为她对自己有疑惑，也因为他不愿意放弃。

阿孟向不同的男人反复问道："你想不想吻我？"小士一遍遍给自己做广告："我叫张士豪，天蝎座，O型，游泳队吉他社！"这是影片中最为触目的两句台词，没办法忽视它们，但又总不明就里。直到阿孟终于吻了自己的同窗，而小士终于在一场游泳比赛中落败，你才明白，他们都曾挑战了自己，然而又都没有赢。

阿孟是个心事满腹的少女。她很有些特立独行的个性魅力。她待人接物大度体贴，对自己却十分严苛。她周而复始地每日三省其身。这一切使她和男友小士间若即若离。她对小士的感情也随之微妙起来，与其说是爱，不如说更多的是羡慕。出身于中产家庭的小士不识愁滋味，单纯到了需要强说愁的程度，如同阿孟所言："如果你17岁，你想的只是能不能上大学，不再是处男，尿尿可以是一条直线的话，你该是多么幸福的小朋友啊。”然而看起来，阿孟认识小士实在是一桩幸事。小士单纯得自以为是，有些霸道。这就使他的个性昂扬起来，很有些感染力。他总对阿孟说：“其实没有什么林月珍，是你自己想认识我吧？”这种非逻辑的推断有种让人推脱不掉的气势，让阿孟像秀才遇到兵似的，和他的交往欲罢不能。因为单纯，小士又执着，不顾阿孟的阻挠，每天雷打不动地去阿孟妈妈开的大排档吃水饺，不依不饶地问阿孟：“你不喜欢我为什么要我吻你？”小士不成熟，不符合“识时务者为俊杰”的好男人标准，却有份令人感动的真。小士单纯，于是有了举重若轻的开朗性格。当阿孟终于说出自己的秘密，不同于好友月珍的冷漠，小士并未对其加以另眼，两人之间反而多了坦诚与默契。小士对阿孟说：“如果有一天，或许一年后，或许三年，如果你开始喜欢男生，你一定要第一个告诉我！”阿孟的心结，无意中打开了，在与小士的谈笑间，樯橹灰飞烟灭。

比起一般的青春成长电影，《蓝色大门》更像是一个童话。纯粹、简单，没有成人世界的干预（影片中一笔带过的大人角色恐怕只有体育老师与阿孟妈妈），有的只是属于青春的焦虑、疑惑、理想和挫败。阿孟的好友月珍似乎是这个理想国里唯一的现实主义者，她对小士丢弃品的恋物倾向似乎也在暗示她是个Material Girl。她一方面对爱情胆怯，另一方面又工于心计，甚至不惜让好友代为受过。片中有个很有意思的情节，月珍听说用原子笔写一个人的名字写到油墨用尽，这个人就会爱上自己，于是锲而不舍地在笔记本上写下无数个“张士豪”。在油墨将尽的时候，她知道小士与自己无缘无分，却又担心愿望落空，于是立即改弦更张，一遍遍地写起“木村拓哉”来。比起阿孟与小士，月珍的暗恋少了一份痴和真，或者痴还是痴的，却是有条件的痴。机关算尽太聪明，最终一无所获。说到底，除去旁枝末节，影片到底还是阿孟与小士两个人的事情，让人想起屠格涅夫的《初恋》，干干净净的二人世界。

《蓝色大门》的日本海报最得影片的神韵。虚化的背景前，一对少男少女，脸上是明亮的笑容。这是抓住了影片最出彩的一瞬，在片头和片尾，阿孟和小士踩着单车且进且退。还记得阿孟声音的旁白：“看着你的花衬衫飘远……于是我似乎看到多年以后，你站在一扇蓝色的大门前……”不知道单车是不是可以算作青春的象征，于是不自觉地想起了王小帅的《十七岁的单车》，同样是属于十七岁的故事，是不是有意为之。实际上《蓝》片和《十》片的确系出同门，都属于焦雄屏当家的吉光电影公司二十一世纪华人电影《三城记》系列。这个系列狠狠地网罗了一批年轻有为的导演，包括姜文、王小帅、余力为、易智言等，可算是雄心勃勃。这些导演似乎都有些钟情于青少年题材，这也是他们心中的情结。《蓝色大门》的导演易智言在访谈中说得好：“《蓝》片是拍给现在的青少年看的，也是拍给未来的青少年的，但更为重要的是，它也是拍给像我这样的过去的青少年看的。”

是啊，谁没有过青春呢？就像在影片的最后，小士在墙上的留言：张士豪到此一游。I was here.我曾在这里，度过那些旧时光。《蓝色大门》是一道印记，是你、我、他与她，青春的过往。

譬若少年

四月

她在空旷的房间里缓缓躺下，谛听自己的心跳。

——题记

在这个四月，她悄然来到了这座城市，繁华的东京，原本是她一个人的。没有*Lost in Translation*中的光怪陆离，有的只是一些角落，埋藏着絮絮的喧哗与骚动。这些，又是她一个人的，在她的心里。

这个叫作榆野卯月的年轻女子，带着私人的回忆，来到了这里。她不预备与人分享这些。分享之于她，是个没有吸引力的词汇。她没有做好思想准备，有人问她为什么报考这所叫作武藏野的大学，她只能说抱歉。这个角色是属于松隆子的。年轻的、带着书卷气的松隆子，稍稍有些木讷、在懵懂中事不关己的神气，都是她自己的。

因为是她一个人的，那些零散的片段，终于被打上了私人的标签。在青春的、温暖的注视下发生。所有发生的，是因为她心中的一粒胚芽，终于在来到东京后安静地生长，枝繁叶茂。她循着他的轨迹。她爱着那个叫作山崎的青年。在那间叫作武野藏堂的书店里，她发现了他，他在那里做兼职。她安静地掩藏了，将心中的喜悦重新过滤，依然选择默默地注视着他。直到他认出她来，她的快乐才喷薄而出。

这是个有关爱的故事，爱的驱动力是如此强大。寂寂无闻的榆野，为了见到心仪的人，考取了著名的大学。她自己称之为“爱的奇迹”。奇迹总是让人心生疑窦，岩井最终说服了我们。只是一些细节，中规中矩，一丝不苟。来自一个少女的内心投射。关于她的回忆与那些幸福的预谋，在无意识中发生。那一点点矜持与悸动，无分巨细地表达出来，像一部无微不至的影音日志。

作为一部电影，你也许会认为它不够连贯与规整。可是，谁又会如此苛求一个少女的心事，甚或只是耳语呢？

岩井俊二算是厚积薄发的导演，神户大学油画专业的审美训练、MTV导演的实战经验都是他的底气。他的与众不同，在《情书》《燕尾蝶》中已现端倪。而在这部片长67分钟的《四月物语》中，岩井更在坪井信八和岸内萌的协助下亲自操刀了音乐的统筹与监制。钢琴、长笛、吉他，是最温柔的一波三折。柔和的小提琴Solo与草地，绵密的鼓点与细雨，是最无懈可击的和谐。而如此种种，却暗藏在整部影片简约而稚嫩的基调之下，这就是匠心了。

在这部片子里，岩井的唯美，隐身于他的家常。在落英缤纷的时节，搬家公司的货车被迎亲的队伍挡住。这总是一个非常市井气的情节，让人不自主地想起池莉的小说《烦恼人生》。人生百态中的狭路相逢，到底是个纷乱与世俗的、有些紧张的场景。岩井令这个场景忽而气定神闲了。岩井有这份运筹帷幄的本事。他要的是散文的效果，形散神不散。

这也是属于一个青年人的、私人的视觉经验。从北海道到东京，有了足迹便留下了心迹，是些芜杂而干净的印痕，又有些琐碎和轻盈。是首随心所欲的无主题变奏，看到哪儿就写到哪儿，边走边唱。

唯一沉重的，是她雪藏了太久的感情。她需要的，是一个出口。终于，天上下起了那场及时的雨。她在雨中来回奔波。他为她一把接一把地撑伞。她接过了那把红色的雨伞，有些残旧与破败。但毕竟，那是一抹直接而勇敢的颜色。

父子

引语

父亲节过去了，借这个机会，向伟大的父亲们致敬，顺便为普天下的父子关系做个总结。

正文

小时候父亲给我讲过一个系列故事。当时老爸有意无意地借鉴了希腊神话里“伊阿宋智取金羊毛”的段子，不过现在想来还是足够引人入胜。故事大意是关于一个叫作“王二”的年轻人的寻宝历程。过程一波三折、瑰丽奇幻，而且富于教育意义。我还记得其中的一个情节，说王二遇到了一座高山挡住去路，壁立千仞，正苦恼间，冥冥之中传来一个声音，问道："1+1等于几？"王二思索良久，郑重道："2！"于是高山轰然洞开，柳暗花明。"王二"是我心目中的英雄，至今也并未轻视过他不算高明的计算能力。日后读到王小波小说里的主人公也叫"王二"，心里备感亲切。只是觉得父亲塑造的"王二"，其形象是真正不可撼动的。

所以，比起年轻的威尔，我实在是幸运。其一，我的父亲不是个夸夸其谈之人，不会啰唆到把同一个故事讲上一千遍；其二，我也很配合地迷信老爸，在很多细节上睁一只眼闭一只眼。威尔的问题在于，他是个很认真的怀疑论者。当他对自己的父亲说"You are a liar（你是个骗子）"时，我能够想象他内心的痛苦——那种信任感在一瞬间土崩瓦解的痛苦。《大鱼》（*Big Fish*）的原著者丹尼尔·华莱士（Daniel Wallace）是善于说故事的人。相较于笃信现实的儿子，他笔下的父亲爱德华是个可敬的浪漫主义者。可悲的是，爱德华不知变通，几十年如一日地对儿子灌输自己光怪陆离的英雄事迹。威尔的控诉可以令任何一个做父亲的人抬不起头："这是你对一个5岁孩子讲的故事，精心编织的童话，当你儿子10岁、20岁、30岁，你讲的还是一样……当我认识到一切不可能，觉得是个傻子在相信你。我只想你就做你自己，好的坏的，一切让我见识你一次就好了。"老父亲平静地听完儿子的抱怨，只说了一句话："我一生都在做我自己，认识不到这一点是你的失败，不是我的。"

以上的表白出自不久于人世的老爱德华之口，格外有种不卑不亢的意味。他和儿子旷日持久的疏远关系，很微妙地进入了解冻期。这是电影的线索之一，因为彼此之间的心理攻守与融合，这条脉络的基调冷峻而沉重。而另一条线索则来自儿子威尔对父亲支离破碎的生活片段的拼凑与复现。这条线令观者充分地体会到导演蒂姆·波顿（Tim Burton）的所长，那种天马行空的叙述方式、灵动的影像风格、明暗交织的线索使影片的结构具有非常有序的跌宕状态，同时暗示了父子二人两种截然不同的思考方式之间的碰撞与交叠。

我想我的趣味与大多数观者一致，更加偏好反映爱德华传奇一生的副线。魔幻主义题材，也是导演本人的用力所在。这条线索凝聚了蒂姆·波顿式的所有想象元素——丑陋而乖戾的巨人、世外桃源般的Spectre小镇、古怪的狼人马戏团、车窗外裸游的美人鱼。情节鬼马跳脱，由不得影片不精彩纷呈。然而，其中鲜艳明亮的色泽和蒂姆·波顿以往的风格又似乎大异其趣。以前看波顿的东西，总觉得他有些鬼气——阴沉沉的、特有的波顿式的鬼气。这位曾有志于拍摄儿童片的导演在好莱坞拍出了儿童不宜的片子，碰了大钉子。鬼气断送了他却又成全了他。波顿懂得另辟蹊径，竟树立起独树一帜的前卫做派。《大冒险》（*Pee-wee's Big Adventure*）成功后一发而不可收，《剪刀手爱德华》《怪诞城之夜》《人猿猩球》《断头谷》，最终为波顿的影片打上如下标签：色调阴暗低沉，影像怪诞凄美，诡异的哥特式布景，黑色幽默中流露着不动声色的残酷。影响深远的《剪刀手爱德华》更被指称为恐怖喜剧。其视觉上营造出的德国表现主义与卡通风格的交替效果，为波顿赢得了“好莱坞独行怪侠”的雅号。击节者有之，批评声更是不绝于耳。波顿却乐得躲进小楼自成一统，继续在自己的奇幻世界里纵横捭阖。

而《大鱼》却让我们体会到了影片内里的颠覆意义。波顿颠覆了自己，也颠覆了评论界对他的成见。《大鱼》交出了一份积极向上的答卷，温暖通透的色彩取代了标志性的阴冷荒凉的基调。饱满鲜丽的构图与趣味盎然的故事脉络相得益彰。影片的轻快节奏呈现出在现实世界里不可多得的纯真与率直。观众们也似乎随之陷入一种“假作真时真亦假”的乐观情绪当中。而这种情绪因为饰演年轻爱德华的伊万·麦奎格（Ewan McGregor）的出色表现高昂到了顶点。伊万特有的痴顽与执着的笑容，感染力十足地在空气中绽放，坚定了观者对片中所有怪力乱神的信心。在《猜火车》（*Trainspotting*）中崭露头角之后，伊万叛逆不再，脸上时时挂着让人眼前一亮的真诚笑靥。波顿算是挑对了人。而塑造老年爱德华的艾伯特·芬尼（Albert Finney）与之交相辉映，更是将这位传奇父亲的乐观与乐天进行到底。后者大名鼎鼎，相信阿加莎迷们都会记得他在《东方快车谋杀案》中扮演的大侦探波洛，实在和乌斯蒂诺夫塑造的不朽形象难分伯仲。

威尔对父亲的理解是一个由自发到自觉的过程，他渐渐明白自己生命中的缤纷色彩正来自父亲的苦心经营。比如他平淡无奇的出生，因为被父亲渲染成为一个“奇特的版本”而成为他命运轨迹中闪亮的起点。终于，在巫女的建议下，他尝试以父亲的方式去“合理”地思想，用父亲惯常的口吻去编制故事，陪伴父亲走到了人生的终点。

在父亲的葬礼上，威尔不禁讶然，父亲早年在亚拉巴马做旅行推销员时的离奇经历，原本都有迹可查。包括他曾遭遇到的巨人、暴风雪、巫婆以及一对连体姐妹花都从子虚乌有走进了现实。当然以上种种与父亲的叙述仍有些偏差，却令威尔会心。父亲以特有的方式保留了过去的激情与诚实。他的一生都在讲述一个“走下楼梯编造出的故事”（西方心理学研究发现人们在重述事件时具有避害趋利的愿望）。初衷的美好使真假的界限从此无关紧要。

为了最自然地呈现这则美丽的白色谎言（white lie），导演赋予了影片最多的真实因素。波顿割舍了目前流行的CGI制作方式，背弃了好莱坞一贯依赖的计算机特技，以近乎作坊式的“传统”摄像技巧完成了电影中多数超现实主义场景，包括割裂银幕、缩小道具和运用灯光、角度、景深以及经典的“抠像（Blue Screen）”技术。而悬在树顶的红色轿车场景，则是用起重机真正将车挂在树上拍就。

波顿的殚精竭虑，使这则童话有了一个严肃的内核，关乎一则生命的奇迹。这则奇迹终于由父子二人携手铸就，令人信服。想起《纽约观察报》的评价：“本片是波顿最长的故事，也是最野趣、神奇、情绪化中让人信服的奇迹，不仅仅达到了他魔幻故事的最高峰，而且在最出色的表演的合作下，这些奇迹从来就没有踏进叛逆的、令人怀疑这个故事的泥沼。”此言不差。

第 2 节

男女主角在交流中不着一词，故事于无声处安静地流淌。

方在此时，我们才发现，缄默的力量是如此之大。

小鲜

老子说："治大国若烹小鲜。"平常人听出的是举重若轻的口气。转念一想，却说的是入庖厨者的艰辛。

人生又何尝不若调和鼎鼐。这不是微言大义，看了一出《美味关系》，自可了然于心。开始对饮食文化产生了盲目的兴趣，是读了马文·哈里斯（Marvin Harris）的《食物与文化之谜》。其实是一本学究书，说的也大多和日常烹饪无关。倒涉及很多让人倒胃口的话题，比如亚马孙土著对于昆虫的嗜好、古今中外吃人的渊源。不过呢，这本书到底叫人明白"吃"这件事和一日三餐不宜等同。也有很多难以令朵颐为快的细节，林林总总的饮食禁忌，让我觉得生活在中国实在算是好事情。

中国人好吃是出了名的，盛产老饕是意料中的事。记得陆文夫的小说《美食家》里头，提到朱自冶每日早起第一桩事，就是赶到“朱鸿兴”面店去吃“头汤面”，“头汤面”就是早晨刚刚熬好的头道汤下的面条。饮食之道，最关键的，是懂得把握美食的时令和时间。如此讲究，恐怕外邦夷族难望其项背。作为国人，不免也跟着有了沙文主义情结，一吃众国小了。

因此，在《美味关系》的开头，听着厨娘玛泰柔声喃喃絮语，的确有讶然之感。

“秋天的野生红牛肝菌，加上土豆泥和吞拿鱼做的馄饨，还有春天的野蘑菇或者冬天的老人头菌，这视季节而定。我最喜欢做的是红烩小鸽子，加入布朗宁酒和波尔多红葡萄酒让它更滋润，来点精致的百里香酱油，拌入意大利面条儿和切细的洋葱……”

听着听着，心里不禁生出暧昧的快感。是味觉之外的诱惑，很文艺的一种情致。其实对于西菜，我亦不恶，地道不地道的都吃过一些。可是从来也未吃出如中国菜那般精彩纷呈，也许味蕾也有着国籍的差异。对于德国菜，则认识更为茫然，不会比对《资本论》与坍塌的柏林墙来得熟悉。

有了这样的前菜，原以为电影会是一堂德国美食扫盲课，其实不然。当然美食不会缺少，更有秀色可餐。女主角算得上是美女厨师。美国的时尚大厨安东尼·伯尔顿（Anthony Bourdain）在他的《厨室机密》里写到过与他共事的女性厨师，大多粗鲁豪放，男性化十足。好在玛汀娜·吉黛克饰演的玛泰虽则脾气暴躁，待人接物总还算不失优雅。她是个称职的厨师，真的三句话不离本行。片首一段原是她在一家心理诊所的自述，已可见端倪。即使是在最伤心处——难以忍受丧姊之苦的煎熬，痛不欲生的时候——也有她自己的表达方式：“很多人把龙虾放进沸水里，结果它们的生命，那是最痛苦的。最好的杀死龙虾的方法其实是用刀刺它们的颈子，这是最快的。”

想象这样敬业的人，在心爱的事业受到威胁时的悲愤情状，就可以了解男主角马奥化敌为友再为情人的难度。马奥是外来的意大利大厨，原是玛泰在餐厅的地位岌岌可危的疑似罪魁。理论上，两人是水火难容的。马奥没有急于洗刷自己，他是个聪明的人，明白将心比心的心理疏导法。他用来因势利导的道具是一碟意粉。他告诉玛泰，意粉调料的别致之处在于，配方来自他已故的母亲，是几个世纪以来的家庭秘密。紧接着他补充了一句：“对我来说，母亲给我的记忆比什么都重要。”言简意赅，心有戚戚。饱受丧亲之苦的玛泰倏然找到了情感同盟。又是一碟普普通通的意粉，将玛泰的外甥女从丧母的阴影中解救出来。耶稣五饼二鱼救了五千人。马奥没这个本事，他不是救世主，也不以圣人自居。这是他的可爱之处。他的形象讨好，像个长着络腮胡子的大孩子，玩游戏的时候也知道偷奸耍赖，总之是很可亲近的。

真正赢得美人芳心的是马奥的一锅汤。这是影片中很有噱头的一幕，浪漫到死。马奥用一块黑布蒙住玛泰的双眼，举着勺子喂她品尝，她逐一报出汤中的原料。以下是台词：

泰：柯纳克的白兰地、芹菜、韭菜。

奥：佛里达精神错乱了，你应该想象得到。（这是在说老板的坏话）

泰：洋葱和大蒜、罗勒菜，你没有我生活得好。

奥：没错，是地狱一般的生活。

在一个热吻之后，玛泰报出了最后一味原料：“八角茴香。”就着鲜汤谈情说爱，终于点了《美味关系》的题：人生百味，苦辣酸甜。凡人自然没有如此精深的解味之术。

《巨人传》里的船队历尽沧桑，也不过从神瓶那儿得到一辞真言——“喝吧！”人生就是如此，那么就囫囵着继续吃下去、喝下去吧。

重逢

巴黎。

这个城市，你会觉得总该发生些什么，让你记住。比如，塞纳-马恩省河；比如，Brioche Doree的点心。

这是个有关爱的城市。这里的爱宽容而浓烈，有着化腐朽为神奇的能量。如果你是个行将发福的中年男士，也没有必要不安，在这里，你的肚腩被巴黎人称为“情人的枕头”。

在这里，你可以放松去爱。你可以在任何一个街角，对一个陌生的美丽女郎问道：“Quel est votre numéro de téléphone?”（你的电话号码是多少？）问题是，你会在乎爱的结局吗？

我们的男女主人公，Jesse与Celine。九年前，他与她曾经结结实实地爱了一场，在维也纳；九年后，因为命运之手，一切转战巴黎。他不再是漂泊的浪子，她亦脱去了学生的青涩。依然是偶遇，他已是家喻户晓的作家，巴黎是他巡回签售新作的一站。在书店的门口，他看到了她，对他盈盈浅笑。“你是特意来找我的吗？”谁都听得出这问话中的期冀。“不，这里是我最喜欢的书店。”她依然浅笑着，打破了他关于浪漫的企望。

是的，他与她，已非九年前的他与她。时光荏苒，他们之间不了了之的誓约，让彼此不会心存侥幸。他和她的重逢，有了世故的开场白。

“或许我们可以去喝杯咖啡。”她的提议令他面露难色。“我还有六个小时就要去机场。”她笑了，听出了他的闪烁其词，他到底是个单纯的男人。

他们终于坐在铺陈温暖的café，背景是左岸的秋光。他们若无其事地交谈，关于旅行经历、世界政局、环境污染。他们开始无休止地拖沓，他们在等待着对方。当观众都开始疲倦的时候，他突然问道：“你觉得我变了吗？”问得突兀了，成了不高明的刺探。她深深地笑了：“你没有变，你只是额头上有了些皱纹，像是刻上去的。”她依然轻描淡写着，这一刹那，他却明白她已经端详了他许久。只言片语，胜却弱水三千。记得王道乾翻译的《情人》开头一段：“与你那时的面貌相比，我更爱你现在备受摧残的面容。”同样地，是曾经沧海后的百转千回。

他们徜徉在拉丁区的街街巷巷，依然在交谈中且进且退。他们都言不由衷着，却在无奈中心有灵犀。他们在相互的试探中表白，表白着思念与感喟。处处是弦外之音，却又即刻遁于无形。他们的重逢成了斗智斗勇的考验，顾左右而言他，机锋四闪。他们都有些焦灼了，她甚至想否定那个让他们牵挂九年的夜晚。他们有太多的顾虑。九年的时光流转，他安乐稳定的中产家庭，她的事业与孩子。他们不敢下这场命运的赌注。他们在躲闪着对方，也在抗拒着自己。

于是你明白，这还是理查德·林克莱特（Richard Linklater）的电影。不动声色间，暗潮澎湃。你跟紧了主人公的脚步，跟他们上了游船。看着天色有些暧昧地暗了，看到他与她的对视，看到他们的眼睛里闪烁着塞纳-马恩省河的波光。

在她的家里，她抚摸着那只叫Che的猫，欲语还休。这时，她为他唱起一首歌，歌名叫作《一句话》。她告诉他，这首歌是为他而作。一曲终了，她说："宝贝儿，你要误了你的飞机了。"他在沙发上安然坐定，对她说："我知道……"

这则日落之前发生的情事，在15天内拍摄完毕。爱的表达，无须旷日持久地精心设计。有了巴黎，有了秋日的余晖，加上伊森·霍克和朱莉·德尔佩，那些最本色和本分的对白，于你我来说已经足够。

探戈

引文

一场群舞，横轴式展开。能听见的，是舞者的呼吸。黑白游走，渗透蛇行。庞然的安静场面。

正文

这是一部我找了几年的电影。第一次看的时候，是到外地旅行，晚上躺在床上，有一搭没一搭地看电视。转到了一个地方频道，茫茫然的一个大舞台，背景是如血残阳，一些受了羁旅之苦的男女老少。突然间，有乐声响起，人们舞起来，一对、两对，然后是更多。终于，整个画面舞动起来了。如痴如醉的探戈，霎时间，狂野与静谧也模糊了界限。舞动着，一个神态阴郁的男子将匕首刺进了少女的胸膛……电影到了尾声。这一幕，于我印象太深刻，很久都难以忘怀。当时我并不知道这影片的名字。

以后的几年，一直想着去寻找这部留给我惊鸿一瞥的电影。但是无图索骥，总也是徒劳。后来极偶然的机会，有人对我说，这就是卡洛斯·绍拉（Carlos Saura）的片子，《探戈》（*Tango*）。我才顿悟，这部片子与多年前看过的绍拉的另一部电影《卡门》（*Carmen*），在风格上有着种种类似，特别是“戏中戏”的叙事方式。终于把这片子找来再看，这是很奇妙的观影经验，因为有了失而复得的心理。然而，再看虽然觉得好看，终是没了那种兴奋和投入的感觉，也许是期望过高的缘故。这部电影，其实是个恋爱故事。绍拉从来都是在现实和超现实之间摇摆，难得的是在电影语言的处理上作风硬朗且流畅。他拿手的是把意识活动用外部的形式再现出来，而这个艰巨任务，由舞蹈当仁不让地承担了。

剧本其实很简单，甚至在情节铺排上略显苍白。马里奥与伊莲娜，怎么说呢，他们的恋情到底是忘年恋，如果没有探戈的支撑，总觉得不够丰盈，或者欠缺了说服力。是舞蹈给了他们的恋爱以勇气与底气。所以说，一部《探戈》，真正的主角其实是亦步亦趋的探戈舞，当然还有斯特拉罗（Vittorio Storaro）不可多得的好摄影。

也许是理想主义，认为最好的舞者都是些未经世故的人。这是一厢情愿的想法，不过也不无道理。前阵儿有幸看了朋友的私人珍藏，电影版的《尼金斯基手记》（*The Diaries of Vaslav Nijinsky*）。瓦斯拉夫·弗米契·尼金斯基（1890—1950）是个毁誉参半的人，关于他的电影很不好拍。1980年的一部《尼金斯基》（*Nijinsky*），是拿他的私生活做了文章，然而又有失公允，多少显得不仁不义。4册的《手记》是尼金斯基1918年—1919年在瑞士静养时写就的。当时也是他走向精神失常的边缘期，所以有人也将这些文字称为尼

电影《探戈》剧照

氏“将崩溃的灵魂在理性残存之际的呐喊”。保罗·考克斯（Paul Cox）将这些手记付诸影像，仍然保留了其间的非逻辑与非连续元素。音乐很好，亦真亦幻地穿插了《牧神的午后》和《春之祭》等尼氏最著名的作品。配有戴瑞克·杰寇比（Derek Jacobi）的内心旁白，有很让人动容的一段：“我不要邪恶，我要爱。大家都把我看成是邪恶的人，而我不是。我爱大家。我写出事实，我说出事实。我不喜欢虚假，我喜欢善良，我不喜欢邪恶。我不是稻草人，我是爱。……人们都以为我疯了，而我没有。”尼金斯基实在是个心地单纯的人。

提到尼金斯基，就不能不说巴里幸尼可夫（Mikhail Baryshnikov）和他的白橡树（White Oak）舞蹈团。我还留着他的一张明信片，是旧年香港艺术节的纪念品。看他交叠着双手，脚尖紧绷，如履薄冰般地紧张。眼睛却流溢出倦怠的痛感。这个人是一缕黑色的、舞动的魂魄。每每看他的舞，看他把自己舞得像个国王，不可一世地凌厉，就生出了大限将至般的放纵与冲动。冲动，带着毁灭的性情。“时代是仓促的，已经在破坏中，还有更大的破坏要来。”总觉得张爱玲的文字里，也深藏着舞的冲动，歇斯底里的。哀婉，只是她的一个手势。手势，是做给世人看的。

不喜欢不温不火的舞者。他们舞得再好，也总像一只隔着白手套憩在手背上的蝴蝶，仿佛无关痛痒。生命已经负荷了太多的不温不火，它在窥伺着、等待着一个机会、一个借口，去释放。看《辣身舞》（*Dirty Dancing*），派崔克·斯韦兹（Patrick Swayze）在片中的一个旋转，舞到极处，银幕内外的人也都融化了。生命的热，让晦暗与寒意猝不及防。

所以爱极了《天生杀人狂》（*Natural Born Killers*）里那个叫作Mallory的女孩，一个即兴的舞娘。有朋友说，这部电影的主题，就是杀杀人、跳跳舞。舞，丝丝入扣地穿插于性与暴力之间。完全随机而冒险的舞蹈，美得出人意表。随机，就有了我行我素的旷达。冒险，就有了背水一战的惨烈。因为，舞由心生。

看过几场“云门”。读林怀民的《云门舞集和我》，原来编与跳之外，全是故事。“云门”的奇异，大概在于错落。林是个有想法的人。现代舞与芭蕾之外，他于舞者的训练，是太极导引，静坐与拳术。这几者之间，融会也好，触类旁通也好，舞者心中先有了气象。有人讲“云门”的成功，很大部分也是靠了场面和舞台效果。我只说“行草・贰”里一场独舞，约翰・凯奇（John Cage）的配乐几近于无，只是几个疏落的鼓点。背景是投影的宋瓷冰裂，也是极清淡的。而四十岁的李静君，一个人舞下来，俯仰腾挪。观众个个敛声屏气。当时心中的感觉，就是这动人之处，多半是来自力量。女人对力的表现，往往于观者是个考验。李轻易说服了你，力的美，就是美，无关性别。狂草，利落得多。顶天立地的宣纸是唯一布景，墨迹恣意蜿蜒。配乐是大自然的声响，蝉声海韵。舞者也活泼了很多，穿梭其中，舞到兴处，一声自丹田的呐喊，是笔走酣畅后的顿挫。舞终时，声光依稀，悬于头顶的纸幅，是一片斑驳墨色了。

记得帕西诺（Al Pacino）在《闻香识女人》（*Scent of a Woman*）里说道："探戈与复杂的人际关系相比，简单多了。"舞蹈也是一种语言，只不过更纯粹些，多和恋爱相关。想一想，举手投足间都是喁喁情话，心也醉了。

屋子

伍尔芙（Virginia Woolf）说：要有一间自己的屋。

姑且不论伍氏的女权主义立场。单就《空房子》一片的女主人公而言，她生活在豪华的大宅里，却并没有属于自己的一间屋子。她在这大宅中的命运，只是被窥伺，被殴打得遍体鳞伤之后蜷缩在墙的一隅。这个角色本身的悲剧意味，让人联想起金基德的另一部电影《坏小子》，那个年轻女人，是一个迷失在镜前的暗沉沉的影。然而，《空房子》的不同，却因了它的主题是救赎。

骑着摩托车到处奔走的男孩——泰锡。他并不期望成为救世主，他过着自以为快乐的生活。他在街头巷尾游荡，将传单贴在陌生人家的锁孔上。若干时日之后，如果传单原封不动，他就溜门撬锁，潜入屋主家中，在空房子里住下来。洗澡、做饭、睡觉，泰然起居，是真正的宾至如归的状态。而对于房中的对象，他则如主人般小心呵护，修理坏掉的电器和家具，洗好散落在屋子里的脏衣服。当这空房子恢复了生气与秩序，他便悄然离开。本来这样一个角色——我暂且将他定名为“善意的侵入者”——并非金基德的首创。细心的观者会忆起蔡明亮《爱情万岁》中的“小康”和王家卫《重庆森林》里的“阿菲”。他们的种种做法与泰锡如出一辙。只不过后者更加乐此不疲和冒险系数更大罢了。然而，金导演的高明之处在于，当泰锡无意间闯入了女主角善华被幽禁的空房子，他的角色发生了微妙的转化，由一个窥探者的角色变为被窥测的对象。由于恐惧，善华没有现身，她默然地站在暗处，看着陌生的男孩在她栖身的房间里吃饭、洗澡、打扫房间、修理好客厅里的磅秤。她在男孩脸上看到了心有戚戚的神情。男孩惊觉她的存在，夺门而出。然而在又一轮的窥视中，他目睹了女人被丈夫欺凌的过程，他为流泪的善华准备了衣物，在音乐中帮她完成了私奔的仪式。

这对年轻的男女，成了没有契约的盟友。他们在城里携手流浪，在不同的空房子里安顿漂泊。从他们安然与满足的对视中，我们读到了金基德对“家”主题的诠释，“Home is where the heart is”（家是心之所在）。他们的家是一座移动的城堡，而这座城堡仅仅是托身于不同的外壳罢了。在陌生男子的家中，导演设置了一个细节，善华将墙上自己的照片剪得支离破碎，又重新拼贴成一个面目迷离的图案。她以这种方式实现了自己的新生。这是个很有颠覆性的意象，告诉我们，看似完整而祥和的，未必就是真正好的。

他们在残旧的公寓房里，发现了因病猝死多时的老人。他们为他郑重地举行了葬礼。他们在老人的房间里延续了关于家的梦想，在辗转之后，他终于给了她“自己的一间屋”。然而，老人儿子的不期而至粉碎了现实与幻想脆弱的交界。他被当作谋杀嫌疑犯投入了监狱，而她则被送回到暴戾的丈夫身边。

他们在数码相机里留下的所有关于空房子的记忆都成了罪证，他不辩白，一言不发。人性与社会性的不可对话再次成为金基德呈现的主题，在这里戛然而止。《空房子》不失为一部现实主义批判佳作，然而金基德再次别出心裁，让这个成人世界中的彼得·潘彻底地虚幻下去。泰锡在监狱中练就了幻术，神出鬼没于他人视线所及之外。他出狱后，再访了那些和善华相濡以沫过的空房子，与屋主开着无伤大雅的玩笑。我们可以看到他在手忙脚乱的屋主身边，运筹帷幄地笑了，笑里总有些苦涩的意味。很欣赏男主角在熙（Jae-hee）的眼神，青涩的世故，据说这也是金基德看中他饰演泰锡一角的原因。这时候影片的叙事风格也开始变得天真而感性，带着些一厢情愿的美好。如片末所言：“这个世界，有时候分不清是梦幻还是现实。”泰锡潜入善华的大宅，以自己独特的方式与他心爱的女人如影随形。他们的爱在不确定、不可解的氛围中且行且进。然而，观者并不会因此觉得牵强。善华与丈夫紧紧相拥，对身后的泰锡说出了“我爱你”。这成为影片一个非常美妙的句读。方在此时，我们才发现，男女主角在之前的交流中不着一词，故事只是于无声处安静地流淌。方在此时，我们才发现，缄默的力量是如此之大。

金基德游走在艺术的边缘，永远以细腻而优雅的镜头语言嘲讽着所谓主流人群的惨白与无力。《空房子》是一部渗入了一些暖意的影片，它获得了威尼斯电影节的激赏是意料中事。金基德将英文片名定为*3—Iron*。他有很个人化的解释，很多人买了三号球杆，却只知道放在球袋里蒙尘：“你有个家，有家人，却只知道留她（他）在家里，和空房子有什么不同？”金导演是个心思独特的人，他的影像世界，是自己的一间屋。

第 3 节

他们的自强不息是无条件的。

只是和“常人”的形式稍有不同，或许更为艰辛，仅此而已。

盲侠

引言

影片的主角，这回换作了以听觉和嗅觉行走江湖的人，与观者的经验有了隔膜，影片就别样地产生了诡异与细腻的气味。说得再具体些，就是打湿的火药味道，不是一触即发的，而是需要假以时日的。

正文

看《座头市》前，无意中见到四方田犬彦关于此片在威尼斯电影节获奖的一些议论，谈了他的一些失望情绪，归根结底还是针对北野的演技："（无论）这部《座头市》中的盲人武士还是他在《花火》中的警察，都是千篇一律的角色，并没有什么突破。"他老人家这么一说，再联想到前年《玩偶》一片最终铩羽而归的事情，心下就有些淡。于是这部片子就被束之高阁很久，直到有一天拿出来看，却还是有些兴奋：到底是北野武。

北野武筹拍《座头市》是打着致敬的旗号的，时值胜新太郎的七周年忌辰。1960年直到1989年，胜新太郎整整演了二十九年的座头市，硬是把这个胖乎乎的盲武士演到了家喻户晓。北野重拍此片就有了一些要刻意挑战的意思。重拍其实总是不太讨好，前些年的教训很多。1999年，格斯·范·桑特（Gus Van Sant）就说过重拍《惊魂记》（*Psycho*）是单纯向希区柯克（Alfred Hitchcock）致敬，并不期望会有所超越，生怕被看出自己有一丝一毫的野心来。就这样，还是被骂得体无完肤。而在日本，座头市这个角色太过深入人心，类似于一种具体而微的民族性。北野武要做的，几乎是要挑战日本国民的一段民族记忆。

所以，当年过花甲的北野武以一头淡金色的短发在片中示人时，除了惊叹之外，更多的是为他的用心良苦所折服。以前对服装不甚在意的北野武，这次请来设计大师山本耀司和黑泽明的女儿黑泽和子负责造型，这下知道他是要实实在在地创造一个北野武专属的座头市。

其实一切都是老故事。《座头市》是在子母泽宽的随笔基础上改编而成的。说的是在十九世纪的日本，有个失明的流浪汉叫座头市。座头是僧侣的一种级别，市是人名。这个人以按摩和赌博为生，其貌不扬，内里却是个精通剑术的侠客，尤其以闪电般的速度和惊人的准确性闻名。为了逃避一群险恶之徒和武士高官的追杀，盲侠座头市流浪到一个小镇。在那里遇到一位武士服部源之助（浅野忠信饰），服部为了支付妻子药费而为黑帮担任保镖；又认识了一对双亲被杀的“姐妹”，她们为给父母报仇而假扮艺伎。座头市受其影响决定以暴制暴，用自己的过人剑术替她们报仇，一时间原本平静的小镇被闹得腥风血雨。

影片其实有两条线，一条是乔装复仇的故事，一条是武士行侠的传奇。说起来都很俗套。要好看，就得有些新壶装陈酒的本事。说起北野武的本事，多是在暴力上做文章，可的确是暴力得很好看。北野武的暴力充满了感官意味，一点也不含蓄，就是要你激动得毛孔里都渗出血来。这回的主角换作了以听觉和嗅觉行走江湖的人，与观者的经验有了隔膜，影片就别样地产生了诡异与细腻的气味，说得再具体些，就是打湿的火药味道，不是一触即发的，而是需要假以时日的。北野武的座头市，在片中是个不温不火的人。没有一点暴脾气，好到可以帮萍水相逢的老婆婆扛货物。整日拄着拐杖蹒跚在镇上，比起北野以往的角色，这实在算不得酷。片子里的座头市不太说话，说了只字片语也都不是掷地有声的，甚至是荏弱的。偏偏就有一种内在的力量，让你的心跟着他沉浮。这么个家常的侠客，在北野迷中间能不能有口碑，的确令人质疑。不过北野却是成竹在胸，在电影海报上标明“最强”的字样。看了一回究竟，这个座头市原来具有判若两人的特质。一方面庸庸碌碌，做起事情来不得要领。可是等你的性情跟着他懈怠下去，忽而就电光石火似的，看着无数人头在他面前纷纷落地，几乎来不及反应。他出手相当残忍，残忍超过北野武以往的任何角色。能看得出这部电影的剪接仍然是由北野亲自完成的，剑锋所到，仍然是五六个分镜一气呵成地连缀而成，风驰电掣，玩的就是心跳。不过，北野在这片子里竟也用了他以往并不爱的长摄来表现座头市日常的平庸，这些和他处理暴力镜头的CG手法结合运用，自然将这个盲侠客的两面性表达得淋漓透彻。这个座头市多数时候是不动声色的，在你还在愣神的时候，他已经悄然远去了。他毕竟不是蜘蛛侠，后者以及与他同类的双面英雄行侠时的作风总是很激越，又总有些俯视苍生的悲悯。北野的座头市就显得单纯，不存在把壮举无限拔高的心思，就针对那么几个恶贯满盈的仇家，杀完了事。种种种种，和拯救全人类的伟大事业无涉。

曾经看过一篇文章，其实是指摘昆汀·塔伦蒂诺的。说昆汀的暴力近似垃圾，看昆汀的所有片子，过瘾程度不如看北野武一部电影。因为北野的片子里“总有些意义”。这个说法我不能完全苟同，但是对于北野出品的“意义”，我却也有些想法。依我之见，北野武的电影里总有种自强不息的调子，说白了，就是有着这么股子劲儿。这股劲儿是很值得琢磨的，其中有种或隐或显的对弱势群体的关照，而并非一味地锄奸扶弱。从《那年夏天，宁静的海》里的残疾孩子到《坏孩子的天空》里的草根少年，我们看到，他们似乎都具备着和世界对视的神情。就是，视线所及之处，是和对方完全平等的，并不加一丝自怜自艾的情绪。他们的成长，是一种非常顽韧的自我实现过程：不借外力、不卑不亢，从来未想过给自己贴上“异类”或者非正常的标签。他们的自强不息是无条件的，只是和“常人”的形式也许稍有不同，或许更为艰辛，仅此而已。这种自信，在我看来是十分可贵的。

而在《座头市》里，这种自信表现为了一种幽默的基调。这出戏其实堪称一场弱势群体的狂欢。插科打诨、出尽洋相的银藏，撒丫子满世界乱跑的白痴，时时切换着影片本该凝重的主旋律，终于呈现出近乎拉伯雷（Francois Rabelais）《巨人传》中的欢快调子来。而片末所有角色穿着木屐跳踢踏群舞的情节将这种情绪提升到了顶点，打击乐和着Hip-Hop曲风，摆明是要解构这出历史剧的中规中矩，不知道是音乐监制铃木庆一还是北野自己的主意，而所有人如同人偶般的动作整齐划一，使得声响逐渐轰然起来，将来自社会底层的集体无意识无限壮大了。

而在这昂扬的背景之后，切过了座头市匆匆赶路的镜头。出人意表的是，这个所向披靡的盲剑客居然被一块石头绊倒。影像在一个夸张的错愕表情上定格，接着传来了北野武十分无辜的画外音：“虽然我努力把眼睛睁得很大，可还是什么都看不到呀。”他到底还是有些无助的。

新娘

《杀死比尔》（*Kill Bill*）的原著是Q&U的《新娘》（*The Bride*），也的确关乎一个肩负复仇使命的新娘。

垂死又死而复生的新娘，的确是一个故事的好起点，好在有了很多的可能性，会让导演们摩拳擦掌。昆汀·塔伦蒂诺排除了其他的可能，使一切变得线性，只有一个主题，单一得不能再单一，就是“复仇”。

拍黑社会题材的荒诞与无奈是昆汀的拿手戏，可在这部片子里，却真正有了一个一以贯之的严肃内核。一个坚韧不拔的女杀手，坚韧到可以运用意念令自己不遂的下半身重新动如脱兔。只是因为她要复仇，这个念头支撑她理直气壮地杀人如麻。唯一英雌气短的一次，是她感受到了一瞬间的亲情，那个叫米奇的女孩，仇家四岁的闺女。她喃喃道："我的女儿要还活着，也该四岁了。"她几乎臣服，和仇家握手言和了。无奈那个黑女人不识时务，贼心不死地暗算她。她这才清醒起来，她从黑女人的心口拔出刀，看见米奇站在身后，慌张了一下，说道："我很抱歉，可是如果你表示出伤心的话，我会把你也除掉。"这句话的潜台词是：你怎么可以不自主地向我发射糖衣炮弹，动摇我复仇的念头呢?

乌玛·瑟曼（Uma Thurman）这个演员选得好。乌玛的外表不算是顶智能型的，所以她装起酷来就有些懵懂的可爱。她的冷血下也就有了一丝看得见的温存。同样温暖的还有片中一些血液喷射的镜头，非常美。是一种不寻常的动态的美，伴着簌簌的声响。这种声响很具体，真正听到了风的声音。

塔伦蒂诺用黑白色调与DV风格处理了最血腥的场面，隐没了现场感带来的刺激。乌玛一眨眼，又回到colorful world，却是单色的，是蓝色背景下的两个黑色剪影。沉重而压抑地对峙之后，是个叫人啼笑皆非的大特写。乌玛打起了对手的屁股，口中骂声不迭："你这个没用的懦夫，回家找你老母去吧。"昆汀的农夫本色于是暴露出来了。

昆汀把一切精致的元素放在他的暴力题材中。唯美的画面，分镜头之间流畅的衔接，音乐配器的丝丝入扣。一切令人不解的混合，卡通、日本剑术与爵士乐成了最不和谐的和谐。

乌玛也不是完全意义上的主角，她给了她的复仇对象各种展示个人魅力的机会。最可圈可点的当数露西·刘（Lucy Liu）。

露西·刘在片中的芳名是奥尔文。和《甜心俏佳人》（*Ally Mcbeal*）中的玲玲作比，其表现出的冷静和成熟令人刮目，似乎连脸上历历可数的雀斑都平添了沧桑和韵味。这是一种处变不惊的美，与乌玛的敏感与激情难辨高下。后者到底是个行动主义者，前者却是四两拨千斤的。她是鄙视激情的，她揶揄乌玛："你的进攻像夏日的烈阳一样毒辣，因为这就是你的风格。"

这样的人，当然没有败者为寇的隐忧，什么时候都不卑不亢。她对敌手说："为了你荒谬的早年，我道歉。"连say sorry都居高临下，听她这么说，换个没城府的，早就恼羞成怒了。乌玛到底素质高，也冷冷静静不动声色地把她杀了。

死之前，奥尔文的一句遗言却落入了古龙的俗套，她凝望对手，长叹道："那真是一把海特雷剑。"她的形象最终大打折扣。

人杀得差不多了，却到底没有Kill Bill。这才意识到，所谓Bill，只不过是个象征，在为这个象征赴汤蹈火的过程中，乌玛的情绪一次次从波谷到波峰，其间的快感使她杀人上了瘾。

有道是：Revenge is never a straight line. It is a forest. And like a forest; it is easy to lose your way, to get lost, to forget where you came in.（复仇从来是曲折的。那是座森林，如同森林般令你迷失，迷路了，忘记你从何而来。）

Kill Bill? Kill time?

小渔

在朋友家里看了一部名为《少女小渔》的电影，氤氲始终的是暗淡而柔和的靛蓝色调子。电影是张艾嘉一贯的风格，冲淡温暖的视角。讲的是个在域外生活的年轻人的故事，平实得很，算不得如泣如诉，但是真的把人打动了。

《少女小渔》在题材上没有出新，手笔却是不俗。为了取得合法身份，女主人公小渔在男友的逼迫下和美籍意大利裔老人马里奥合演了一出“老夫少妻”的闹剧。而如此世俗的主题却被成功地升华，形成与同类作品迥异的基调，成为其中的翘楚之作。

电影聚焦于游走在异域边缘的人们，如劳伦斯（D.H.Lawrence）所言：“就是那些处于人类相互理解边缘的人。”男女主人公因为不同的生活际遇被划入边缘人群的范畴，又因为一纸协议走到一处。

小渔与马里奥就这样同居了，陷入了一个奇特的互惠互利的共生模式中。影片却出其不意地在其中注入了人性的暖流，使这场金钱与身份的交易改变了原有的质地。来自东方的少女小渔身上，寄予的是导演对于女性人格的理想，这样的美是康德说的“无目的、非功利的”。而小渔的内心所有的，正是这样一种悲天悯人的情怀。这情怀，被概括为“古典式的善良”，因为它的无条件，也因为它和世俗间总存在着的那么一点距离。

而这情怀，在逆境的挤压下似乎变得更加淳厚。和被同情者相同的境遇，使得小渔在设身处地的同时，心底生出了对人性本身的希望。

可以体会得到，导演试图借女主人公，道出自己的人格理想，抑或是一种隐喻，勾勒出弱势人群间一种相濡以沫的和谐关系。虽然在自己的“假丈夫”家里受尽委屈，而小渔却深深懂得马里奥的颓唐与圆滑，也是对于被社会所遗弃的控诉。她默默地照料着他，尽着一个女儿对老父的本分。小渔的存在则表明，身份的边缘性并不意味着人格的低下，而对这一点的认识，也正成为马里奥在人性上重生的起点。

小渔做人有她自己的原则：她希望任何东西经过她手能变得好些。她在生活小节上对马里奥的让步，在对他的怜悯中所暗含的那么几分暖色调的希冀，使后者渐渐拾回了做人的尊严。“他悄悄地找回了遗失了更久的一部分他自己。那一部分的他是宁静的、文雅的。”他甚至“如瑞塔一直期望的，出去挣钱了”。

终于，按照原定的协约，小渔和马里奥住满一年就要分居了。小渔的男朋友来接她，男女主人公彼此间的默契和隐隐的伤感，全部凝聚在意味深长的对视中。

同样身为弱者的小渔，却以博大的胸襟包容并改变了孤寡的老人马里奥。学者陈思和评价道："小渔性格中那种善良纯真的品性涤清了弱势文化处境下的龌龊与屈辱，正因为她处处顺应和保持着自己本心的做人尺度，使她在这种畸形的境遇中得以做到不为所乱，并由她自己的行为选择展示出一种令人爱慕的人性之美。"无可否认，小渔的形象塑造体现了艺术源于生活、高于生活的原则，她与生俱来的善与美，也多少笼罩在理想主义的光环之下。但是，我们却可以清楚地感受到，弱者本身所蕴含的生命的韧力与宽容，使得弱势群体间的沟通与认同成为可能。正如编剧严歌苓写道："她达到了人格上的完善。她对处处想占她上风、占她便宜的人怀有的那份怜悯使她比他们更优越、强大。我在这篇剧本写成后才发现自己对善良的弱者的敬意。"而我们在这部影片中，也看到了一个背影坚定、身形弱小的英雄。

清洁

很难定义，她应该归属于哪里，四处漂泊，又似乎时时“此心安处是吾乡”。当张曼玉顶着一头美杜莎似的乱发出现在《清洁》（*Clean*）里，我们知道，这就是那个国际化的Maggie Cheung了。

前些天看《良友》杂志第四任主编马国亮先生的忆旧之作，有一篇写的是黄柳霜女士。黄是美国有史以来最有名的华人女星，可照她自己的意思，一直演得很郁闷。每每被电影公司分配演反派的角色，她总是要找机会对观众表明心迹，说她无论演什么角色，都不代表华人全体。这是有其历史原因的。在“蝴蝶夫人”挥之不去的阴影之中，西方人以各种文化形式塑造了一系列亚裔女子形象，成为他们喜闻乐见的东方代名词，著名的包括龙女（The Dragon Lady）、苏丝黄（Suzy Wong）、艺伎（The Geisha Girl）等。在千篇一律的再现过程中，亚裔女人被物化，成为带有异国情调并具性意味的神秘符号，“好比在博物馆的实物模型展示中供观察的蝴蝶标本”。这种观念根深蒂固，近年来，在西方电影界吃得开的华人女星，要么就是拳脚相加的杨紫琼，要么是打打杀杀的Lucy Liu，似乎黄皮肤的女人们都要接受李小龙的遗泽。这也是游刃于中英法三种语言的张曼玉一直远离好莱坞的原因。她甚至拒绝了自己的前夫阿萨亚斯的请求，身着《花样年华》里的旗袍出席记者招待会。她不欢迎任何带着东方主义色泽的眼光对她进行审视，她希望被欣赏，但不仅因为她是华人，更因为她是Maggie Cheung。

在*Clean*里，我们看到的是张曼玉的干练、精致与风尘气。如果你企望在片中领略张的东方风情，那一定是徒劳的。我们关注她，是因为她的身份是一个堕落的摇滚歌星，抑或因为她是个八岁男孩的年轻母亲。而这种关注，是不分种族与国界的。

她表达的感情也是世界性的，这是法国《电影手册》杂志对她的印象。她周旋在一群欧美的白人演员中间，并没有一丝异质的感觉。她的表演层次相当丰富。这是西方人所表现出的简单的丰富，而不是东方人含蓄的复杂。这一点在她与法国女星贝翠丝·达丽（Béatrice Dalle）的对手戏中表现得尤为明显，两个人都是直来直去地交流，但互动间却有一种气韵流转，意义骤然丰厚起来。后者在《37°2》里的表演是很有激情的，但是在此片中由于角色的缘故，则明显比张要低调了。张曼玉表达出的丰富相当有爆发力，决非似《花样年华》里以安静与矜持作底。

很久以前，曾经很惊异于张曼玉在影片中哭泣的方式，那是和很多华裔女星迥然的。丝毫不加克制地哭，是要实实在在地将内心的痛苦投掷出去。然而因为感情的水到渠成，并没有一丝突兀的痕迹。第一次是在《阮玲玉》中，红极一时的女星行将了断生命之前，因了对爱情与人性的绝望，那突然间的一声号啕，竟是悲恸得叫人难以抵御。然后是在《甜蜜蜜》里，看到死去的豹哥背上的Mickey Mouse文身，那个叫李翘的女人，悲喜交集之后泪水哗然而出。这次*Clean*里的Emily，内心的焦灼等待被意外地辜负，不能自持地掩面而泣。作为成功的演员，她的哭是一个真诚的圈套，很难有观众不为之动容。

一个众叛亲离的女人，于伦敦、巴黎、加拿大三地之间辗转，艰难地争取着自己儿子的抚养权。音乐、毒品、死亡，她的生命中有太多不可承受之重。然而她必须走下去，在奔走中逃离令她沉沦和尴尬的往日，在奔走中救赎与清洁着自己。

“She can’t tell you.” Emily在片末娓娓一曲，内心炼狱后的痛定思痛，不期与人分享。旧日浪荡付东风，质本洁来还洁去。

窃国

圣诞那天，原本是去百老汇看《剧院魅影》的试映场，结果错过了档期。正好在放《十二罗汉》，就去看了。此片港译《盗海豪情之12瞒徒》，片名冗长，怕你不知道是关于小偷的故事。

前阵子看《天下无贼》，我对两拨人的看法有所改变，一是冯小刚的贺岁电影班子，一是贼。这回看《十二罗汉》，很多想法又扭转了过来。化用一句英文谚语，“Thieves are thieves”（贼就是贼）。江山易改，本性难移。

记得朋友到湖南出差，回来后跟我们说起车贼的厉害。说他们最让人叹为观止的作案工具，无非是枚一元钱的硬币，一边开了薄薄的刃。要偷你的时候，就在你包上轻轻一滚。多么坚实的皮革，都会迎刃而解。听着朋友的描绘，我们的心情是好奇大于憎恶的。

说起来，小偷其实也是一种手艺人，也是有技术含量的工种。但是由于太过损人利己，所以人人喊打。

但是，有些人偏偏就乐此不疲，甚至着了迷，上了鸦片瘾似的。法国的奇男子让·热内（Jean Genet）在声名无限的时候，被人问起最喜欢自己被怎样评价，依然说是“著名小偷”。当然，他那般靠着偷偷写写到了功成名就，毕竟是个异数。

看《十一罗汉》的时候，觉得索德伯格（Steven Soderbergh）真是堕落得可以，怎么突然热衷经营起了明星合作社，确切地说是价钱昂贵的小偷公司。到了《十二罗汉》还是那么几个人，新加了个泽塔—琼斯（Catherine Zeta-Jones）。但是手笔和气魄都大了许多，算得上一部好看的剧情片。比起《十一罗汉》，情节更跌宕些。如果《十一罗汉》是一锅明星的大杂烩，至少《十二罗汉》是把大牌们洗洗涮涮，归归类再下锅了。其实仍是《十一罗汉》的跟风片，编剧是原本在好莱坞颇不得志的乔治·诺尔菲（George Nolfi）。这部片子的剧本原来也是给吴宇森写的，写好后束之高阁。但是被伯乐华纳公司相中了，于是在索德伯格的要求下删删改改，细节上迁就一下大腕们，便粉墨登场了。

大腕们要演的，自然是大盗，动动手指头就让你们知道厉害。《庄子·外篇·胠箧第十》开首一段，“将为胠箧探囊发匮之盗而为守备，则必摄缄縢，固扃鐍，此世俗之所谓知也。然而巨盗至，则负匮揭箧担囊而趋，唯恐缄縢扃鐍之不固也。然则乡之所谓知者，不乃为大盗积者也？”给箱子、柜子上锁，只能提防小贼，不过却方便了大盗——他连箱子带柜子都给你搬走，还唯恐你锁得不牢靠。够无奈的吧？大盗总要有些神乎其技之处，东方西方，不外如是。

影片的精彩之处，无非是一群颠倒众生的大盗为了一张老版股票和一只俄国沙皇的加冕彩蛋与绰号“夜狐”的世外高手铉心斗角的事情。但令我更感兴趣的，还是泽塔—琼斯扮演的女探员伊莎贝尔的身份转型过程。说起来，此女出身名门，身上流着已隐退的昔日贼王的血，却肩负着反扒的重任。她的很多防盗举措其实都是偷盗手段的衍生。说到底，她是个“以其人之道还治其人之身”的经验主义者。家传身教无论对她本人还是对她的贼男友莱恩都大有裨益。而后者举一反三的悟性令她本人都始料未及，著名的“整体地基抬高法”当为明证。所以她最后终于被拉回到小偷阵营，由“可敬”沦为“可耻”的一员，也并不显得十分突兀。从遗传的角度来说，其中有很多辩证的东西。伊莎贝尔人生中含有一些很让人心寒的悖论。她和莱恩的交往，其实有一部分自我认同的性质，莱恩是她心底阴暗处的风月宝鉴。

研究犯罪学的朋友告诉我，很多犯罪行为学者在长期的研究工作中陷入了心理抑郁的状态，因为他们必须不自主地接受自己的人格分裂：一方面要设置类犯罪场景进行角色扮演，另一方面要坚守自我的道德堡垒。其痛苦程度无异于时时用自己的左手握住自己的右手，非一般的心理补偿机制可以平衡。

因此，伊莎贝尔的堕落，对她本人来讲，未尝不是一种解脱。问题在于，第十二个罗汉的诞生，意味着，在这世界上，又一个“好人”没有了。

第 4 节

Don't be scared, you'll never change what's been and gone.

别怕，你无法扭转乾坤。

蝴蝶

引语

“如果，有任何人找到这个，就意味着我的计划没有成功。而且，我已经死了。但，要是我还能回到一切的开头，我说不定是能救她的……”黑暗中，主人公埃文奋笔疾书。这是在影片《蝴蝶效应》的开头与尾声重复出现的情节，也是导演的暗示，命运终究绕了一个大弯子。于是明白，这是关于现代西西弗斯的故事，主题是徒劳，或者是别的。

正文

时间永远分岔，通向无数的将来。

——博尔赫斯《交叉小径的花园》

对《蝴蝶效应》（*Butterfly Effect*）发生兴趣，最初是因为海报。诡异的墨蓝背景，浮现出主演艾什顿·库奇（Ashton Kutcher）棕红色的瞳仁。后来朋友告诉我，这是一部难懂的电影，尽管它以1710万美元的票房雄踞了北美票房一月之久，但并不说明它的通俗。影片的导演是《绝命终结站》（*The Final Destination*）的编剧搭档埃里克·布雷斯（Eric Bress）和J.麦凯伊·格鲁伯（J. Mackye Gruber）。而《蝴蝶效应》是他们执导的处女作。“我们清楚这个大迷宫的每一条小路，那是因为在拍摄之前对每一个镜头处理、拍摄次序乃至细节，都经过了几百次的讨论。”两位导演对这部构思达七年之久的影片算是深思熟虑，“不过，我们也觉得，能够将超现实主义和现实主义结合起来是一种技术，这能够给导演充分的空间来处理那些富有挑战性的情况。”

富有挑战性的东西，一向会激起我相当的好奇心。而新锐导演的处女作，更是不容错过的，这个经验最早是来自于丹尼·鲍伊（Danny Boyle）的《浅坟》（*Shallow Grave*）。于是将《蝴蝶效应》找来看，在电影的第一部分——也就是主人公成年后第一次依赖日记本回到过去的章节——看明白了影片的走向。同时发生了一些必要的联想，关于这一点，因为影片相对复杂的逻辑形式，暂时按下不表。

未能免俗地交代一下影片的内容。埃文受到父亲的遗传，从小患有短期丧失记忆症，在心理医生建议下，埃文随时把身边发生的事详细地记录下来。长大后，为了摆脱童年阴影的困扰，他在大学主修心理学，希望能够找出童年时期记忆丧失的原因。偶然的一次机会，他发现通过阅读自己以前的日记，就可以回到日记中记载的情境中。他决定通过这种方法找回童年失去的记忆，同时还要改变过去，进而改变现状。于是埃文奔波于过去与现实之间，他一次次尝试改变过去，力求使现实臻于完美。但正如“蝴蝶效应”理论中所提到的，环境中一些他所无法估计的因素也在同时间改变着事情发展的方向。每次总因一些小事件的发生引起一系列连锁反应，把现实中他和他朋友们的生活改变得更为面目全非。影片最后，他选择了永远离开心爱的人，并把所有的日记都烧掉。八年后，拥挤的人群中，埃文和他曾深爱的女孩擦身而过。

美国气象学家洛兰芝（E.N.Lorenz）于1963年提交了一篇论文——《决定论的非周期流》（*Deterministic nonperiodic flow*）。1979年12月，洛兰芝在华盛顿的美国科学促进会的一次讲演中，再次提到有些耸人听闻的观点：亚马孙流域的一只蝴蝶扇动翅膀，会掀起密西西比河流域的一场风暴。蝴蝶翅膀的运动，导致其身边的空气系统发生变化，并引起微弱气流的产生，而微弱气流的产生又会引起它四周空气或其他系统产生相应的变化，由此引发连锁反应，最终导致其他系统的极大变化。洛兰芝把这种现象戏称作“蝴蝶效应”。影片的灵感即来源于此著名的混沌理论。我知道有些朋友恨铁不成钢似的，极力想找出这部影片的bug。殊不知苛求确定性，正违背了混沌理论的基本原则。

合抱之木，生于毫末。完美的人生是点滴的集腋成裘。自觉不幸的埃文有感于此，选择让自己的人生旁逸斜出。结果却是一次又一次的回天无术。埃文是个无私的人，因为每次回到过去都要承受鼻血横流的巨大痛苦。为了家人、恋人、朋友，甚至是自己的爱犬，他不惜将自己做了时空轮回的赌注。埃文唯一的私心是能够和恋人凯莉终成眷属。然而这却成为他力求完美的致命障碍。凯莉与其父和弟弟汤米存在着梦魇式的不伦关系，而埃文要做的，就是通过努力帮助凯莉摆脱命运的阴影。他不是上帝，无法担任救赎的角色。逃避成为他努力的起点，他以为躲过一个微小的不幸，可以换取质的改变。但每当他企图将命运的巨石推上人生的坦途，只是一个偶然就足以连人带石轰然滚落，结果都相当惨烈，不是你死，就是我亡。Change one thing, change everything.（牵一发而动全身。）这是埃文的希望，也是宿命。埃文最彻底的一次努力是通过日记本回到精神病院，探访自己的父亲。相对来说，他比父亲的运气要好一些。他告诉父亲他重获新生的企图。然而，父亲却是真正洞明世事的。他明白儿子的超能力，才是惨剧的起点，于是企图杀死他。这一幕在电影中重复出现，之前有个巨大的伏笔，不得不佩服导演如此沉得住气。这时我们发现，实际上埃文对命运的背叛，永远无法做到破釜沉舟。因为他改变命运的起点是过往人生中的某个细节。后者成为前者发展的基石，埃文因此陷入了螺旋上升的环形困境，无法自拔。

说《蝴蝶效应》是部好电影，还在于它本身的结构。它实际体现了一场关于电影文体的叙事革命在当代的延续。当然，我们无法忽视它在制作上的精美与剧情逻辑上的缜密，这却是出于好莱坞一贯的商业考虑。它向我们展现了开放文本的魅力，众多的可能性将观众纳入其中的互动格局。我们和主人公一样会在面临可能性的时候踌躇不前，因为影片非线性的发展模式使我们无法对其有所预期。如博尔赫斯所说："我不知道我们会不会在第二次循环中回来，就像循环小数那样反复。"在这一点上，基耶斯洛夫斯基（Krzysztof Kieslowski）的早期影片《机遇之歌》（Blind Chance, 1981）堪称典范。主人公（观众也是如此）被抛入空间与时间的迷宫，消极地等待着下一个起点，进入命运的环状往复。而我们对影片理性的审视也在时空的一次次割裂中迷失，如同提克威（Tom Tykwe）的同类影片《罗拉快跑》（*Lola rennt*, 1998）向我们展现的无奈局面："我们是谁？我们从哪里来？往哪里去？"

《蝴蝶效应》的创新性在于主人公埃文本身是个相当主动的个体，他可以选择重塑命运的起点。他如同一只蝴蝶，积极地飞舞着，在命运的风暴中穿梭。结果却同样是一次又一次的有心无力，最终拍打着千疮百孔的翅膀沉入海底。影片的结局是相对光明的，恰恰又是对整部电影架构的完全否定，在一系列争取后，埃文烧掉了日记本，选择了彻底失忆。这是个完全意义上的放弃行为，他的命运从此步入了线性发展的康庄大道。当然，这建立在他永远失去了爱人的基础上。

片尾曲选得很好，是Oasis的*Stop Crying Your Heart Out*。好在切题，有劝导和循循善诱的意味。其中有这么一句：Don't be scared，you'll never change what's been and gone.（别怕，你无法扭转乾坤。）但是私以为，调子还是晦暗了些。如果用了Beyond的《海阔天空》，意境上或许会有更大的气候。

狗镇

引言

一台巨大的摄影机，十七个演员和一个空旷的摄影棚，有限的简单道具，满地的粉笔画线。借由此便勾勒出了美国洛基山脉的偏僻一隅，正是在特里尔意识深处过滤后的狗镇。然而沉淀下来的，也正是此片的主题：人性。

正文

开初看到关于《狗镇》（*Dogville*）的介绍，觉得大有在螺蛳壳里做道场的嫌疑。拉斯·冯·特里尔（Lans Von Trier）这些年得了很多奖，也树了不少敌。此片在第56届戛纳国际电影节落败，也许会有些人幸灾乐祸：在《欧洲三部曲》与《良心三部曲》中出尽风头的特里尔，这回企图在《美国三部曲》中辟出蹊径来，却似乎是走入了死胡同。

也许这回特里尔的确玩儿得有些过，是实实在在地要考验观者的耐心和品位，另一方面又要较之以往显出独特来。作为Dogma 95的精神领袖，特里尔似乎并无意将他的自然主义作风发扬光大下去，而是走到了对面的形式主义阵营，并且形式得相当厉害。三个小时的电影（毋宁称之为戏剧），只在一个几乎没有布景（除了几扇门窗及一些简单道具）、比例尺为1:1的篮球场大小的“地图”舞台上演出。地图上用粉笔画出每间房屋的轮廓加上主人的名字。除了卡洛斯·绍拉（Carlos Saura）式的舞台布光和置景外，甚至连开门的声音都是效果音，营造出小剧场实验话剧的气氛。特里尔的极简主义创举着实把人吓了一跳，但他深信此举会令观众“全身心地投入其中”，忽视舞台作为先验的固定形式的意义，从而使之降格为装饰性元素，将兴趣放在影片的主题本身（包括人物、演员和叙事）上。“这种技术就像心理放大镜，更贴近人物。”事实上，他对于观众对这一尝试是否领情也并非成竹在胸。在电影的形式之外，《狗镇》一片的确还有不少令人望而生畏的东西，除了特里尔一贯拖沓冗长的拍摄节奏，还有约翰·赫特（John Hurt）英国口音的旁白及九个章回复杂的古典戏剧结构。

除此之外，在戛纳电影节上，最让美国记者质疑的一点是，

《狗镇》以1930年的美国小镇为背景，然而，因为拉斯·冯·特里尔很怕坐飞机，至今也并未踏足美国本土。甚至影片的拍摄地也不在美国，剧组最后选定在瑞典的拉洛尔海达搭景，这不免使此片的说服力打了些折扣。当记者问到特里尔到底对美国有多少了解时，这位有些偏执的大导演似乎不胜其烦了：我对美国的了解，比美国人对北欧的了解多得多。

事实上，笔者以为，特里尔对于形式的严苛的确干扰了这部影片的可看性，并且多少轻视了观者的审美能力，或者说，是观者对于电影元素进行提炼的能力。但是，特里尔仍然该得到应有的敬意。影片的灵感来自布莱希特的作品《三分钱歌剧》中的一首歌《海盗杰尼》。从接受美学的角度来说，特里尔出其不意地扮演了热拉尔·普兰斯（Gereld Prince）所谓零度叙事接受者（Zero-degree narratee）的角色。这个角色作为与真正受众之间的中介（mediate）存在，承担了使文本现实化与意义化的任务。无疑，《狗镇》的电影呈现，实际正是特里尔作为理想读者对于布莱希特文本的消化与重构的结果，因此带有深重的个人印记。而另一方面，却又简化甚至逾越了受众对于布氏的理解可能存在的障碍。因此，《狗镇》的意义是浓缩后的，也是相对纯粹的。

一台巨大的摄影机，十七个演员和一个空旷的摄影棚，有限的简单道具，满地的粉笔画线。借由此便勾勒出了美国洛基山脉的偏僻一隅，正是在特里尔意识深处过滤后的狗镇，然而沉淀下来的，也正是此片的主题：人性。

一声枪响，美丽的格蕾丝从天而降。这对狗镇来说实在是意外中的意外。作为人性的实验品，无论是狗镇抑或这个来历不明的年轻女人，都太过理想。狗镇类似真空状态般与世隔绝，格蕾丝的完美与无助，都成为实验上佳的先决条件。特里尔在拍摄时，已经先验地将剧情安排为几个有序的方程式，所以，影片带有相当明确的格式化的痕迹。格蕾丝的命运又被镇民的会议间隔成若干段落。最初居民们对于收留格蕾丝需要承担的风险抱有排斥的态度。牧师汤姆为格蕾丝争取到了两周的考察期，格蕾丝在这两周用辛勤的劳动取悦镇民，最终在第二次镇民会议上获许收留。可以发现，此时格蕾丝的去留尺度实际已具雏形，即她在镇民心目中的价值与后者为之所承担的风险的比例。随着镇里警察局的一纸告示和悬赏，镇民开始有所权衡，随之对格蕾丝的态度产生变化；而格蕾丝也会意地以加倍劳动凸显其使用价值，消弭镇民因承担风险所带来的不平衡感。而这时，狗镇镇民的人性开始发生异化，他们发现局势所赋予他们的权力，他们拥有了对格蕾丝进行驱使的权力。这成为梦魇的开始，男人、女人，甚至孩子都开始无所顾忌地奴役格蕾丝。查克甚至以告发作为要挟强奸了格蕾丝，格蕾丝的肉体随之顺理成章地成为所有狗镇男人的泄欲工具。查克的老婆当着格蕾丝的面把她几年来辛苦攒钱买来的瓷娃娃一一摔碎。而幕间，优美的巴洛克风格的复调音乐不合时宜地响起。看到这里，多少觉得有些不近情理，因为一切发展得太快，同时似乎抹杀了狗镇村民的个体差异。而随着剧情的深化，恍然，原来影片的力量正来自于此。狗镇是作为某种集体意识所存在的，它的丑恶与不堪，因此而得以加倍。人性彻底地走向了坍塌，狗镇例行的会议已不再以理性的趋利避害为基础，而成为群丑现形的舞台。狗镇镇民的脸谱化与行为的夸张，造就了一种异样的戏剧张力，是一种具体而微的东西被无限放大定格后给观者带来的厌恶感。

格蕾丝最终以最不情愿的方式离开了狗镇。作为黑帮头目的女儿，她接受了父亲继承家业的要求。她带着对人性深深的绝望，下令屠戮了狗镇。临走时，格蕾丝说道："要正确使用权力。"

片末，那支粉笔画的狗在镜头中活了过来……天边升起一轮血色的月亮，宁静下去的小镇，愤怒的狗吠划破夜空。一场无法得到救赎的人性梦魇终告结束。

风筝

这片子或许太沉重，并非因为主题的分量，而是因它本身所承载的厚度。

两年前，看胡赛尼（Khaled Hosseini）的同名小说。是一口气读下来的，来不及沉淀情绪。大约因为情节紧凑。可是，看完了心里却有抽空之感。

太多的令人无法忽略的细节，慢慢地渗透与回放，有如反刍。历史、政治、人事，是挥之不去的点线面，又自行拼接，渐渐浓重与辛辣。胡赛尼的文字是好的，有朴素的外表，然而内里却有蛊一样的东西。字里行间自有一种胶着力量。在这胶着间，却留有间隙与空间，这是留给读者的。然而，也是影像无法触碰之处。

有不少人表达了对这部电影的失望。但是，却鲜有人质疑影片中演员的表演，特别是两位小演员。阿米尔的脆弱是与生俱来的表情，他的五官流露出的气质，是不肯定的，与饰演哈桑的曼德康玛姆查达截然相反。哈桑应该是这个样子，成熟坚毅的眼睛，卷曲的黑头发，却有一种承受的能量。这些成为电影所有主题的底色。信任、友谊、嫉妒、胆量、忠诚乃至屈辱。

地位的悬殊，造就了同龄人性情的反差。锦衣玉食却缺乏关爱的环境令阿米尔表现出某种造作的天真。阿米尔编造了一个男人杀妻的故事，只是因为悲伤的眼泪可以换取财富。哈桑轻轻地问："那他为什么不去闻洋葱？"说这些话时，这孩子的神情无比严肃。你几乎感受到，他微小的身体里是一个成人的心智。他的现实，使得阿米尔的浪漫想象显得苍白与荒诞。

在这理性的眼睛里面，你却会读到另一种神情，是感恩。这也成为他与阿米尔友情的基石。尽管阿米尔的戒备与敏感不断地对此进行试探，类似于一种对于忠犬的考验。阿米尔甚至问哈桑："如果我让你吃泥巴，你会吃吗？"哈桑神情凝重地想了一下，认真回答："你要我吃泥巴，我会吃。可是你为什么要我吃泥巴？"

这其实是关于尊严的对话。哈桑的认知里面，是将牺牲作为常态的。然而这种无原则的牺牲也埋下了隐患的伏笔。

高潮的部分，是那只已显破败的蓝风筝和受辱后的哈桑一瘸一拐的背影。阿米尔隐瞒了所有的事情。哈桑以沉默表达了与他的默契。然而，当一个人的存在提醒着你的罪，你会如何？阿米尔最终选择了谎言。哈桑依然以宽恕的姿态承受并离开。这宽恕内里的悲悯与世故，非成人可及。然而，小演员用一个空洞而绝望的眼神，再次说服了我们。

影片的另一条线索，是成年后的作家阿米尔的还乡记。当你的祖国已经遍体鳞伤，似乎已经没有了近乡情切的理由。这是令人无从选择的。他说："我在自己的国家感觉像游客。"关于国族，也并非许多人都可以如同纳布科夫（Vladimir Nabokov）在*Speak Memory*中的达观论调。达观，在很多时候，也是因为无着。

那棵枯颓的石榴树，现今如同针芒一样楔入这男人的心，也让他无法再无动于衷。

后来的种种，包括阿米尔的个人英雄主义行为，与塔利班的斗智斗勇，需要一个十足有力的借口。当那个叫作索拉博的男孩出现的时候，所有的勇气都有了来源。他长着与父亲一样满月般的脸庞、翘起的下巴和贝壳一样薄而卷曲的耳轮。这是哈桑的儿子，阿米尔的侄子。

阿米尔想起了那句话：为你，千千万万遍。这男孩的出现对他造成了打击。深埋许久的东西，柔软易碎的一角，越是不敢触碰，越是狭路相逢。

阿米尔的英勇，有了补偿。在踏上美国土地的时候，音乐响起，是凯歌一样的声音。这是美国梦的旋律，强大的闳音。美国梦，无时无刻不在扩展版图。或许因为奥巴马的当选，又完满了一些。对一个受伤至深的异国男孩，它依然虚无，仅此而已。然而，当那只经年不见的风筝在天空中飘起时，这孩子的眼睛却眨了一下，终于有些活过来了。

阿米尔跑去追赶那只风筝，回过身来对男孩说："为你，千千万万遍。"

这部电影揭开了世界的画皮，让人们看清楚。有一些鲜红的血肉，冒着热气，在坏疽的下方，汩汩地流出、奔涌。于是我们知道，这世界上还有所谓的良心，它们也许不在我们的视野之中，但是从未离场。

孔雀

看了顾长卫的《孔雀》。

一直到了这只大鸟开屏的一瞬，蓦然触动。时代在最柔美的旋律中被残忍地切割开来。

这也许并不是一个十分完整的故事，当片末演职员表出现的时候，心中还只有一些碎片，精致的有着棱角的碎片。好像小时候玩过的万花筒，对称的，不连贯的美感。色彩斑斓，任何一个图案都稍纵即逝。这是一瞬间的事情，逝去了，就永不复返。

我生在二十世纪七十年代最后的年头，捉住了影片所叙述的那个时代的尾巴。《孔雀》中的细节，或者说那些记忆的碎片，和我的人生还有些交集。我的生活里也曾有过等待爆米花的一声轰鸣，有过拿着瓶子帮母亲打酱油的经历，有过对一块大白兔奶糖的念兹在兹，有着对所有身穿军装的人的敬畏和崇拜。

《孔雀》是部处处让人会心的片子，这是我的幸运。它实现了我与自己出生的时代微妙的链接，每一个会心处都令在二十世纪七十年代成长的人浮想联翩。可称之为一部记录中国“七零年代”的影像寓言。

弗雷德里克·詹姆逊（Frederick Jameson）如是说：“第三世界的文本……总是以民族寓言的形式来投射一种政治：关于个人命运的故事包含着第三世界大众文化和社会受到冲击的寓言。”他结合鲁迅的《阿Q正传》进行了详尽的文本分析，认为“阿Q成为关于某种中国式态度和行为的寓言”。同样，《虚假的事实》中，达拉的经历和命运，也是印度民族的寓言，而且是寄寓着作者“理想民族自我”的寓言。

詹姆逊在具体的推论过程中有比附之嫌，但应当关注的是，《孔雀》本身所包含的明确的寓言指涉，以诗意与概括性的手法表现出来，却是顾长卫相异于同时期其他中国导演的有力尝试。《孔雀》以其独特的气质表明了一种叙事态度，而这种态度恰在经历过二十世纪七十年代的人群中造成了共鸣，得以成为某一历史时段的理想主义因素的集合。将《孔雀》界定为完全的现实主义作品是偏颇的。电影的情节发展在历史层面时常处于跳跃的状态，而主要人物姐姐、弟弟或者哥哥的行为举止间，所包含的些微过激的心理外现与突兀的戏剧元素也表明，他们都不过是电影叙述链条中的一个符号而已。

那个时代的理想与破灭，都是十分纯粹的。对二十世纪七十年代的塑造，天然地赋予了影片以纯净的质感。

爱情、功利心、对生活的恐惧，对二十世纪七十年代的人来说，都应怀着郑重的态度。然而，姐姐这个人物，是个异数。她的理想是我行我素的，她的婚姻是信马由缰的，她对于人的爱与恨都是那么不肯定，她对生活的重大决策仿佛都出自呓语。或许她是一个失败者，但当她步入中年，依然可以问心无愧。一个理想主义者的黄昏，日薄西山，也总是美好。

弟弟是一个沉默的影子，他其实是那个时代的影子。他没有自己，他在一条自己都无法把握的轨迹上滑下去。他的自尊也是脆弱和不堪一击的。他最终选择了后退，提前蜕下了青春的躯壳，将自己退缩进了迟暮中去。他是个需要安全感的人。他的幸福带有自欺欺人的性质。然而，有时候，能把自己骗住，总比清醒着痛苦下去好。

哥哥，是影片中最为奇妙的人物。他痴呆的外表掩盖了他所有的人生智慧，他的机心。甚至在开初把观者们都一并哄住。然而，他其实是影片中活得最圆满，也得到最多的人。他的退让哲学，使他为自己的人生处处留有余地。所以他不尴尬，也不愤慨。他有过自己真正的爱情，他有了门当户对的稳定的婚姻。他这一辈子，并没有耽误什么。到头来，他站在了最高处。所有曾经凌驾于他的人，都只好发出三十年河东转河西的感喟。

作为出色的摄影师，顾长卫的处女作其实是一道意象大餐，让人有些眼花缭乱。但因为叙事风格的平和，情节在光滑的时光链条上演进，我们并没有饕餮之感。只是，有些地方让你吃下去，口齿余香过后，会有些痛楚。

那只因为吃了老鼠药垂死的鹅，是一个牺牲者。难以忘记它蜿蜒抽搐的颈项。它将人性的残酷以最为柔软的旋律复制出来，美不胜收。然而那种不动声色的锐利，却轻轻将观者的心凌迟。这种痛感，也不是一触即发的，而是随时复发的创痛。痛定思痛，痛何如哉。

姐姐邂逅了曾给她带来青春幻想的军官。对方问：“你贵姓？”姐姐温存地笑了。在菜市场，姐姐的脸在一瞬间扭曲了，欲哭无泪。血色的西红柿在夕阳底下发出了欢快的光芒。一些日常的东西在闪烁着，嘲讽着心中隐忍的痛与无望。悲凉的心情，在不合时宜的基调里挣扎，反复，磨砺。

这片子里有些切肤之痛，其实是很私人的。

看过一个访谈，采访顾长卫，听他谈“非典”时期拍摄《孔雀》的艰难。那是最寂寞的一段日子。《孔雀》是在寂寞中平静地生长起来的。当然，艰难无法替代才华，但是他对那个时代执着的再现还是令人感动。我想，生长在二十世纪六十年代的人会感谢《阳光灿烂的日子》，那么二十世纪七十年代的人，如果对时代心存感念，《孔雀》给了我们一个机会。

体温

引言

我的承诺就是我的忏悔

人都会做错事的，但并不是每个人都有机会弥补自己的过失

如此说来，我是幸运的；

我的忘却就是我的怀念

一个人，即便永不还乡，也逃不出自己的初恋

如此说来，哑巴是幸运的；

我的忧虑就是我的安慰，哑巴给予暖的，我并不具备

如此说来，暖是幸运的……

——莫言《白狗秋千架》

正文

蓝田日暖玉生烟。

很喜欢这首《锦瑟》，尤其是以上一句，“暖”字实在是个非常美的意象，温存而体贴。电影标题是恰到好处的红色，看着圆润的字迹氤氲开来，心中是有些憧憬的。

此情可待成追忆，只是当时已惘然。下面两句，李商隐是一语成谶了。

是的，这其实是一部关于苦难的电影，“暖”是一个女人的名字，她的命运，将要与苦难和挣扎并置。

霍建起将这重苦难包裹在了昏黄的暖色中。霍导是个温和的人，不喜欢粗粝与突兀。他的艺术片，总有些原则要遵循。所以，仍然是大量的长镜，克制的用光，莫言原著里的文字这样复现出来，就好像上了一层釉，变得湿润与细腻了。

整部影片因此而内敛，有种别样的青涩与沉静在里面，如同男主人公井河的性格。井河与暖的命运，是难以言喻的此消彼长。井河是暖等待的最后一个男人，也是曾经和暖一起等待过的男人。

暖的自负是与生俱来的。她之所以将自己托付给了不期而至的小武生，也是因了自信，哪怕这自信是盲目的。在这过程中，有段小武生给暖上妆的戏，十分动人。上了头面的暖，真的就脱胎换骨了。暖由着小武生在自己脸上描画，带着郑重其事的神情。对暖而言，这个妆是对自己命运的一次演习，一次仿真的涅槃。只要跟着小武生进了省剧团，就和现在的自己划清界限了。因此这个妆于她，是意义非凡的，于观者的印象也十分深刻。后来才知道，这个妆是暖的扮演者李佳自己的手笔。李佳原是京剧科班出身，那股子对戏的痴劲儿，是轻易演不出来的。

暖对小武生的痴，说到底是对自己人生理想的痴。这么说来，她痴痴等待的就不光是爱情那么简单。在这一点上，井河不明就里。当年的暖，多少是井河可望而不可即的。后者的爱，集中体现在对前者细致入微的关注上，甚至一度迷失了自我。简言之，井河是时刻先暖之忧而忧的。甚至小武生弃暖而去，井河的感受是：暖让我明白了爱是什么意思，我和她一起痛苦，一起失恋。

考上大学的井河，终于成为暖再次等待的对象。在此之前，暖从秋千架上跌下来落了残疾。命运的绳索这样出其不意地被剪断，使得暖的期盼有了孤注一掷的内涵。井河最终背叛了自己的承诺，他的自责与自赎成了影片种种矛盾的来源与焦点。然而残酷点说，将暖界定为一个单纯的受害者，对井河而言是不公平的。暖对井河的感情，始终是不纯粹的。她盼着自己的命运因一个男人的介入而改变。而她由于命运的拨弄退而求其次，才使得井河幸而不幸地成了候选人。这成为暖无意中造就的人生公式，后来和她结婚的哑巴也不外如是。

哑巴这个角色非常出彩。扮演者香川照之因此获得东京电影节的最佳男演员奖。当时霍建起用了日本的演员，多少是考虑到了市场的因素。这是个不需要台词的角色，香川出色的表演实在是交足了功课，他用肢体语言成功地征服了观众。然而更重要的是，这个角色成了暖对命运态度的参照物。

有场戏十分有趣，也很生活化，是两个男人斗酒的一场。哑巴与井河重逢，却如若情敌相见，分外眼红。吃着饭，好酒的哑巴就要与井河喝出个子丑寅卯。除了哑巴的咿咿呀呀，一出戏不着一句台词，于无声处，导演的聪明与机趣却渗透出来。这时暖说：“你不要这么拼命，你不是他的对手，让他占上风就是了。”

这时的暖，这样说。她对井河，也是对命运，这样说。其中包含了她曾经沧海后的人生哲学，放弃与服输。

暖是输了。这时的暖，眉宇间却有了一种豁朗与信马由缰的神色，一种听命于天的态度。

暖说，她与哑巴是弯刀对着瓢切菜——合适着呢。暖说：“什么是过得好，什么是过得不好？有饭吃，有房住。”十年后，暖用最平淡的口吻叙述苦难，仿佛事不关己。井河的追问，因此失却了原有的意义。

哑巴是疼爱暖的。哑巴嚼着井河送的糖果，欣喜若狂。正回味着，恍然似的，从嘴里抠出来塞到了暖的嘴里。暖一口吐了出来，脸上带了仓皇的神情，目光躲闪地看着井河。于是井河知道，暖对于困窘的生活，到底是不甘与不服的。

一双鞋终于泄露了暖内心全部的秘密。当哑巴与暖的女儿丫丫穿着那双式样过时的黑皮鞋出现在楼梯上时，暖失措了。暖一把夺过皮鞋，小心翼翼地擦拭。这双鞋，井河认出来了，是十年前他上大学时寄给暖的。

于是井河知道，这十年，暖始终在说服自己，说服自己要轻描淡写地将日子过下去。

井河与暖分离的时候，正下着雨。有雨声，还有管乐响起。三宝的配乐，一向以弦乐为主。管乐的出现，像是生命的振幅，悠然升起，又从容落下。这也是《暖》的旋律，教你气定神闲地面对人生的全部。

沧海

近几年间，看着祖父的几位老友王世襄、范用先生陆续凋零。有时想，祖父早逝，未及体会迟暮的沧桑，或许也是一种错过。老人的感情，比年轻人练达、通透，但或许临近彼岸，也有自己的一份脆弱。他们的亲情、爱情、友情因曾经沧海而更为沉着。驾驭老年题材的导演，在我看来，他们心中，多少都有一颗“老灵魂”，在光影的凝聚间不疾不徐地沉浮，让我们随之安静下来。在丰盛的秋天，写这篇文章，是一种愿景，也是致敬。

对于韩国导演李沧东，总有着某种隐隐的期待，由早期作品《绿洲》开始，或因他曾为作家的身份，心有戚戚于此，总在捕捉他有关文学立场的表达。为他赢得国际声名的《密阳》之后，一种直觉告诉我，期待不虚。这时，出现了《诗》。

你很难界定《诗》的性质。剧情并不复杂，一个年老的人，患了阿尔茨海默病后，用自己的方式，与世俗做最后的妥协与对抗。在短暂的时间内，诗意而现实地活着。李沧东对于“救赎”二字的理解，十分微妙。宗教与文学，形而上地建设了主人公茧一样的人生城池。美且脆弱。而同时，他的世界观里，又包含了出人意表的烟火气。这使得任何的涅槃都变得不会顺理成章，甚至带有了一种令人难堪的磨难感。《诗》中祖母的角色，贫穷，自律，超脱于众的骄傲，平朴与璨然集于一身。但是，在影片的尾声，她暴露了自己衰朽坍塌的身体，实现了对濒死的老翁最终的性的报偿。在这仓促而艰难的交媾中，李沧东亲手扼杀了有关神圣的所有联想。诗，成为老人不可称道的生活中，一些优雅而明朗的句读。一个镜头，挥之不去。在人生的最落魄处，她未忘记掏出笔记本，记录下所见一瞬的感动。身后繁花似锦，尘埃落定。

晚年成诗，朝如青丝暮成雪。对老年题材的处理，日本上一辈的影人，有一种别样的平静与琐细。小津安二郎对于伦常的勾勒，往往于无声处。《东京物语》是一个有关“到来”的故事。久居乡野的年迈夫妇，在去探望儿女的前夕，为一只枕头抱怨彼此的健忘，其中是源于日常的笃定。而当他们进入了都市，忽然间变得无措。子女的忙碌、冷淡隐藏于生活的潜流之下，冲刷着两位老人的憧憬。这便是战后的日本，沟壑横亘代际之间，以城市之名。尽收眼底。在长久的沉默之后，老人说：“知道他们好，就好了。”一言道尽父母心。影片的最后依然是那扇朝河的窗口，不如归去。小津的姿态，洁净的长镜，Pillow Shot。袅袅升起的烟尘，时钟。时间过往，暮色苍茫。有关“抛弃”，《楢山节考》更似一则寓言。八苦四谛，求不得，伤别离。情何以堪。如来日不久，离去在即，只因残酷的生存法则。总觉得原著中深泽七郎所描绘的，不过是个兽性的故事。然而，今村昌平将人的萌动注入其中，有关衰朽的美，无私与性的冷酷与温存，以一种近乎仪式的方式表达。年迈的母亲，坐在堆叠的白骨间，等待死亡。她亲手毁了一颗门牙，为了让自己显得老迈，符合一个将逝者的本分。无所谓感动，出于自然。秋叶静美。今村让你看清它落地归根后悄然的腐败、溃烂与甘心。

近年，群居的老人关涉光影。“群居”带有某种象征的意味，“孤独”已然成为其内核。可见一个悲喜交加的空间——老人院。夏加尔在作品中题写：Time is a river with no banks.时间是无岸之河。老人院如同单程渡轮，却在无知觉间，驶向人生彼岸。没有任何一个地方，如此多而反复地上演生离死别。成见中，如何修饰，似乎都不可改写其中黑色黯然的基调。《飞越老人院》中的老葛，在抛弃中仓促地进入了略显残败的院落。《桃姐》中的主人公，中风之后，几乎带有决绝，置身于这个境遇各异、各怀心事的人群。他们都有自己内心的坚守，如此幸运，却亦有一个年轻人担任了他们与过往的联络。如同复调，一段向上的新鲜的人生起始，与一段平缓的、略带晦暗甚至世故的人生的着陆。冷暖交织。无论张扬的喜中藏泪，抑或是许鞍华的哀而不伤，皆因为相同的尊严感，赢得了“老灵魂”应得的敬意。老葛那棵植物，在锈迹斑斑的痰盂中，一径盎然与固执地生长；他与孙子之间由于“麻雀”的故事，而达成心照不宣的默契。桃姐在Roger电影首映礼的那一天，特意去烫了头发，将自己打扮得焕然一新。昏黄的灯光下，他们在身后互执了双手，形同母子，且行且进。一个步向终点，一个走入未来。

世上最动人处，皆是人之常情。老人的存在，让他们看到，这“常情”的日积月累，集腋成裘。其中的丰厚与沉淀，或许到了他们的年纪，方可幡然而悟。忆起我看过的第一个西片，*Singing in the Rain*。那天从边远的小礼堂里出来，外公推着自行车，载着我回家。夕阳的光，笼在祖孙俩的身上。外公没有说话，静静地走，然而不知什么时候，嘴里轻轻地哼起了电影里的旋律。外公的声音，是一种很好听的男中音。和那个叫作Gene Kelly的男演员华丽的声线不同。这声音让人感到更为安全与温厚。我抬起头，看到年过六旬的外公，眼睛闪烁出罕有的青春的光芒。那时的我并不知道，出身资本家的外公，曾是中国光影故事中最初的弄潮儿。在时代的跌宕中，湮没或收藏了自己有关电影的记忆。只在这一刻，倏忽而至，喷薄而出。

《老无所依》，汤米·李·琼斯所饰演的垂暮警官，在片末喋喋地回溯自己的梦境。那梦中的不安，因为回忆而稀释，渐渐注入了某一种莫可名状的力量，令观者动容，休戚与共。

兄弟

陆川的《可可西里》在国内热映时，问津者甚众，李泽厚、刘以庄等人纷纷撰文作评。同一档期上映的另一部与环保相关的影片，似乎门前寂寥了些。这部片子叫作《虎兄虎弟》（*Two Brothers*），主角是两只孟加拉虎。

电影的导演让—雅克·阿诺（Jean-Jacques Annaud）算是大名鼎鼎，1977年就凭借自己的处女作《高歌胜利》（*Black And White In Color*）获得了奥斯卡最佳外语片奖。我去看《虎》片，多半也是因为他在1991年拍摄《情人》（*L'amant*）的声名。杜拉斯（Marguerite Duras）的作品是不易改编的，她自己捉刀剧本拍出的《广岛之恋》（*Hiroshima Mon Amour*），虽颇多拥趸，犹是高处不胜寒。所以说，做到使《情人》这部影片街知巷闻，是很见功力的。

阿诺在大师级的导演中是个异数，人性之外，他似乎同样热衷于对兽性的演绎。所谓兽性，在他眼里是相当美好的。相信很多人记得他有部叫作《熊》（*L'Ours*）的影片，其中赚人热泪的镜头至今让观者记忆犹新。阿诺对动物题材的得心应手，来自于他对人与自然之间奇妙的二元关系的深刻谛视，其中融入了许多残酷的东西。当然，为了票房，阿诺也并不忘了撒上一把温情脉脉的作料。撒得倒是恰到好处，在你心头最软的地方触碰一下，再触碰一下。

《虎兄虎弟》是在法国拿了票房冠军的影片。对这部片子，阿诺自己是满意得不得了。他说，《虎兄虎弟》蕴含了三种我最痴迷的东西："野生动物世界、神秘的宗教和美丽的亚洲大陆风光。"和《熊》里质朴的阿尔卑斯风光相比，《虎》片把外景选在柬埔寨的古都吴哥，似乎有个更为文艺的初衷。

植被覆盖的古老庙宇，掩映在婆娑树影中的精美石窟。吴哥是个蛮荒与文明和谐并存的奇妙存在。而动物在其间的出没，更是为之增添了一脉生生不息的源流。为了营造戏剧的冲突，这种和谐是需要被打破的。阿诺将某种摧毁性的元素介入其中，这就是人类的殖民行为。当猎手艾丹·迈克拉里出现时，顿时觉得作为一个殖民者，他的形象太过英挺与正面。事实上，他在影片中并没有干什么人事儿。起用盖·皮尔斯（G.E. Pearce）饰演这个定位相当负面的角色，多少是为了商业效果。

就是这么个猎手兼作家，在一次盗取古石刻的卑劣行径之余，偶然发现了老虎一家。后者的厄运于是接踵而至。平心而论，我个人并不十分看好导演自编自创的《虎》片剧本，尽管创作的过程据阿诺本人所述是相当诗意的，“每晚我坐在帐篷的外面，点着油灯，面对着印度洋，临睡前都要在笔记本上写两三页故事”。剧本的叙述脉络比较单一，涉及人的部分也稍显凌乱和草率，寓言性叙事的痕迹也重了些。并非笔者过于严苛，而是曾在巴黎大学主修文学的阿诺，的确创作过很多更好的剧本。

虽则如此，电影整体而言是相当好看的。一对双胞胎虎兄弟，在家破虎亡之后，分别被卖到马戏团和沦为总督儿子的宠物。一年以后，相逢在人声鼎沸的斗兽场上，已是见面不相识。在几番厮杀之后，它们倏然对视，彼此心照。于是设计逃出牢笼。在人类的围剿中，携手重返森林故土。说电影好看，实在是动物演员的表演太过精彩，精彩得几乎无可指摘。至今不忘的，还有哥哥库玛被捕远去时，弟弟桑卡眼中的泪光；还有在冲出人类设置的火线之前，它们互相交颈鼓励的场景。我和很多观者一样心存疑窦，这到底是怎么拍出来的？据说为了追求自然的效果，摄影师让-马里·雷弧（Jean-MarieDreujou）刻意放弃了先进的CGI技术。那么以上似乎就要归功于与阿诺合作的动物训练专家泰尔瑞·勒·波特尔（Thierry Le Portier）（其曾参与过奥斯卡获奖影片《角斗士》的驯兽工作）。不过话说回来，这些充满“虎性”的表演真的是可以驯出来的吗？较之动物，《虎》片的人物角色似乎更加类似于某种无意义的符号，连配角也算不上，至多是以动物的对立面存在的“意识群”，面目模糊晦暗。

动物行为学者珍·古道尔（Jane Goodall）有云：“动物之间的感情，最原始，也最感人。”只字片语，却有振聋发聩的深意。倘若人类仍不以之为鉴，的确是枉为万物之灵了。

第 5 节

岁月如斯。以影像雕刻时光，要的是永恒或者凝固。

文字的记录，是一种胶着，连同对于记忆的信心。

人生的过往与流徙，最终也会是一出戏。导演是时日，演员是你。

戏梦

许多年前，我还在读书，在江苏昆剧院看过一出《风筝误》。当时看得并不很懂，只当是才子佳人戏。主题自然是阴差阳错，古典版的《搭错车》罢了。多年后再看，却看出新的气象来，演绎的其实是理想与现实的盟姻。书生与佳人，生活在痴情爱欲的海市蜃楼里。周边的小人物，却有着十足清醒的生活洞见。《题鹞》一折，世故的是个小书童，对寒门才子韩世勋的风月想象给予了善意的打击，并提出了李代桃僵的社交建议。道理很简单：“如今的人，只喜势利不重孤寒，若查问了你的家世，家世贫寒，连诗的成色都要看低了的。”说白了，就是价值观。在现代人看来，几近恋爱常识。朱门柴扉，总不相当。才子却是看不到的，听后自然愤懑。女方也有奶娘扮演实用主义者，与大小姐讨价还价，“媒红几丈”“后君子先小人”说得是理直气壮。世态炎凉，实在都是在生活的细节处。书生们总是很傻很天真。太美好的东西，是不可靠的。要想成事，还是得靠心明眼亮的身边人。他们说出粗糙的真理来，并不显得突兀。这些真理即使以喜剧的腔调表达，内质仍有些残酷，残酷得令观者对目下的生活感到失望。然而，大团圆的结局却使人安慰。因为这圆满是经历了磨砺与考验的，有人负责戏，有人负责现实。人生才由此而清晰妥帖，真实而有温度。

电影《戏梦人生》里头，有句一唱三叹的话，“人生的命运啊”，这是由衷的叹息。李天禄一生以艺人之姿，在布袋戏舞台上扮演他人的喜怒哀乐，可谓稳健娴熟。到了自己，唯有心随意动地游走。京戏《三岔口》在影片开首的出现，除是对时局的映射，或许更是贴切的人生隐喻。由日据至光复，毕生所致，一重又一重的迷梦与未知。主义或时代，大约都成了“人”背后茫茫然的帘幕。性与死亡，虽则亦时常出人意表，却每每切肤可触。电影三分之一是他的回忆。侯孝贤是懂得他的。这“懂得”用静止与日常来表达。“片断呈现全部”决定格调必然平实散漫。侯导与剪辑师廖庆松说：“就像顶上有块云，飘过就过了。”一百五十分钟，一百个长镜，只有一个特写。素朴到了似乎无节制的程度。《白蛇传》《三藏出世》是戏中的梦，在民间悠远地做下去。生活另有骨头在支撑。影片中重复多次的吃饭场景，那是一种“人”的历史。电影的原声音乐，陈明章的《人生亦宛然》大概是最为切题的，恬淡自持。也有大的激荡磅礴，是唢呐的声音。说到底，还是回归：行到水穷处，坐看云起时。无关时代起落与变迁，直至影片结尾升起一缕炊烟。此去经年，往复不止。

人生如戏，戏若人生。这是根基庞大的悖论。将戏当成人生来演，“戏骨”所为，是对现实的最大致敬。而将人生过成了戏，抽离不果，则被称为“戏疯子”。《霸王别姬》里的程蝶衣，是不疯魔不成活的悲情教材。庄生晓梦，有人要醒，有人不要醒。没有信心水来土掩，醒来可能更痛。

所以大多数人，抱着清醒游离戏谑的心来过生活，把激荡闳阔留给艺术。希望两者间有分明的壁垒，然而终究还是理想。譬若文字，总带着经验的轨迹。它们多半关乎人事，或许大开大合，或许只是一波微澜。但总是留下烙印，或深或浅，忽明忽暗。提醒的，是你的蒙昧与成长，你曾经的得到与失去。

是的，有这么一些人，不经意置身于舞台之上，是树欲静而风未止。写过一个民间艺人。他是落伍的人，谦恭自守，抱定了穷则独善其身的心。然而仍然不免被抛入历史的浪潮，粉墨登场。这登场未必体面，又因并非长袖善舞，是无天分的，结局自然惨淡至落魄。忽然又逢盛世，因为某些信念，亦没有与时俱进，再次格格不入。在全民狂欢的跫音中，信念终至坍塌了，被时代所湮没，席卷而去。

又有一些人，活在时间的褶痕里，或因内心的强大，未改初衷。比较幸运的，可在台下做了观众。看哑剧的上演，心情或平和或凛冽。而终究还是要散场，情绪起伏之后，总有些落寞。为戏台上所演的，或是为自己。

岁月如斯。以影像雕刻时光，离析重构之后，要的仍是永恒或者凝固。而文字的记录，是一种胶着，也算是对于记忆的某种信心。人生的过往与流徙，最终也会是一出戏。导演是时日，演员是你。

老去

时间是一条无岸之河。

——马克·夏加尔（Marc Chagall 1887–1985）

不是巧合，是编剧费兹博洛的刻意。和着米尔斯·戴维斯的冥想爵士，十五部短片从水的影像开始。

孔老夫子在川上拈须长叹，逝者如斯夫。

另一个意象来自大师们对时间的共识，不约而同地，钟表以及它们发出的一切声响。它们所记载的十分钟，由此打上了最个人的印记。可以是现代土著以兹纪念的闹钟，可以是闪烁不定的液晶表，可以是扣人心弦的钟摆，如同世事洞明的魅影。也可以仅仅是男孩子画在手腕上的涂鸦，永远停在2：55。

我们只关心这十五个十分钟内发生了什么。

十分钟，可以用来记载一生。棕褐色的琐忆，总结了一个电影演员的起伏跌宕。十分钟，所有的都衰老了，剩下的，还有一些单薄的欲望。伊利·曼佐的《一瞬间》无比应景，Ten minutes. Our life is not a great deal longer.（十分钟。我们的生命并不算长。）《关于时间2》的精致四格，仿佛父亲作过的一幅丝网版画，那种略略拘泥、封闭的艺术形式。迈克·费吉斯打破了局面，窥视和干预了自己的命运。他用那些时断时续的阶梯，将本已分裂的人生片段重新衔接起来。幼年的马克在战争游戏中饮泣：“我是丘吉尔，希特勒打我。”他从成人的自己那里得到安慰：“不要紧，这是二战，你会胜利的。”有了些阅历的人，看到这里自是会心，最遥不可及的自语，带着些暖意的沧桑。

伯纳多·贝尔托鲁奇，《水的故事》。流徙的印巴青年为老人寻水，盲打误撞进了意大利的国界，一脸不知有汉、无论魏晋的惶惑。娶妻，生子。一系列关于水的细节记载了他生命的轨迹。待他度过了人生的大半，居然意外得见树下的老人。后者只是淡淡一笑：“兄弟，我已经等了你一上午了。”笛声依旧，一花一世界，一叶一菩提。相似的主题，迈克尔·雷德福却残忍得多。他在时空概念上做了大文章，紧锣密鼓地控诉了时间给人带来的迷惘与失落。执行任务的宇航员托马斯船长，几天之内重返地球，儿子已是气息奄奄的耄耋老者。很欣赏片末渐起的心跳声，是种警示，无限放大了人类在时间长河中的宿命。

十分钟，可以关乎生死。维克多·艾里斯没有落入情节的窠臼，《生命线》（*Lifeline*）以最安详的手法勾勒了初生婴孩性命攸关的一线。四〇年西班牙乡间的岁月。农人，村妇。扬场、缝纫、晾衣，单纯而不单调的黑与白。最写实的镜头，记载了时光荏苒。似乎把握得到这个村落的脉搏在轻微平和地律动。初生婴儿的啼声，扩散的血晕，在静谧中突如其来的戏剧张力。得救后的婴儿在母亲的歌声中沉沉睡去。美轮美奂的十分钟，没有叙事的铺张，生命在酝酿中瓜熟蒂落，水到渠成。

《距离托那12英里》（*12 Miles to Trona*），一则超短版奥德修斯的故事。误食了迷幻药的男人，在十分钟之内获得生命与魂灵的救赎。再次领教了维姆·温德斯艳绝的拍摄风格，极度张扬的镜头感。聪明如他，借着男人的幻觉请我们坐享了超越视觉经验的声色盛宴。世界变得空泛而不稳定，光怪陆离的沙漠即景，荒腔走板的爵士乐，都是塞壬在现代的现身。片末是上帝之手的拨弄，一切恢复如常。

十分钟，可以给你一次检阅生命的机会。当然，之后你要做出抉择。《狗没有地狱》，标题是一贯的阿基·郭利斯马基式的黑色幽默，带着些民族的赋予。清寒、厚重。人物在色彩饱满的画面中机械地动作。大量的长镜头，冰冷的举止戏仿了舞台剧的夸张与停顿。男主人公终于在片末绽放了笑容，一股扼制已久的暗流喷涌而出。这到底是个关于爱情的故事。“带你的爱人去西伯利亚。”列车员面无表情地叮嘱，“路上不要再出错了。”但愿不是一语成谶。

《十分钟后》是个意外，自然不是阿伦·雷奈的《老调重弹》（*On connait la chanson*, 1997）。十分钟不允许你去煲一壶七年之痒的温吞水。女主人一如既往地准备丈夫的生日晚餐，却不知道自己已站在了命运的火山口。女人的不自知最让人心痛，竟还带着憧憬迎接厄运。丈夫的醉酒是个借口。箭在弦上，引而不发。昔日的好时光被伊斯特凡·萨伯打了省略，直接带我们见识了轰然的一瞬。男人的胸口被女人插进了餐刀。这一刻，我们和女人同样不知所措。突然觉得，平日里的碌碌和琐碎也许是非常美好的。

最好什么也没发生，想起了艾略特（T.S.Eliot）的诗句：游戏之后也就是进行游戏之前。

曾经被雷内·克莱尔《幕间休息》所折服。那种达达式反理性的、次序颠倒的时空观念。仿佛被吉姆·贾木许来了一次负负得正。同样发生在幕间的故事，《国际组织·拖车·夜晚》是时间逻辑严谨的，无分巨细的。十分钟，发生在拖车里的完整人生片段。疲惫的女明星，旁落的高跟鞋。唱机里放着号称“催眠圣乐”的《郭德堡变奏曲》，原本是和谐的。然而，六次敲门与一个电话，打破了关于休息的企图。影片的压抑感也来自女明星无条件的屈从。只有她手中的烟蒂，做了一个小小的背叛。当她转身离去的时候，贾木许拉过一个近景给我们，车门上赫然写着：Thank you No Smoking!（请勿吸烟！）

十分钟也许足够进行一次哲学思辨，来自南希的高谈阔论（*Vers Nancy*），或者只是为奥古斯汀作些现实的注脚（*The Enlightenment*），抑或是随着戈达尔的镜头在最后一分钟沉到黑暗深处去（*Dans le noir du temps*）。

说到陈凯歌，唯一应邀的亚裔大师。陈的十分钟作品名为《百花深处》，英文译为*100 Flowers Hidden Deep*。“百”在中文里的虚指意义，外国友人无法明了。这一无心之错象征了西方对中国文化的又一次误读。陈凯歌的初衷是好的，借一次虚无的搬迁，撷拾一些时光的残片，追悼中国传统文化的没落，也是匠心独运。他又不自觉地将逝去的家国定义为阴性。京腔京韵的中国风味自不待言，可冯远征的诡异眼神、妖娆的兰花指，甚至于女性化的神经质，也成了片中凭吊的对象。这依旧坐实了西方人眼中的中国刻板（stereotype），典型用以示好的中国信物（Chineseness）。北京新街口的一条小胡同，见证了陈所心仪的文化形式与现代文明浸淫下的北京城，以及他对传统文化的观念和现时中国之间的若即若离。无论如何，陈导对这宝贵的十分钟，是不遗余力的。

很喜欢*Ten Minutes Older*的另一个中文译名——《十分大师》，十分，无论是作为定语还是状语都恰如其分。十五位大师用镜头截取下十分钟的似水年华，雄辩地印证了安哲洛普洛斯（Theo Angelopulos）的理念，电影是对时间的凝视，没有任何其他艺术形式比电影更能捕捉时间的流逝而又更能保留时间，让它一回又一回地重复自己。

《摩呵僧祇律·卷十七》有云：一刹那者为一念，二十念为一瞬，二十瞬为一弹指，二十弹指为一罗预，二十罗预为一须臾，一日一夜有三十须臾。

彪炳菲林的十分钟，因此弥足珍贵。

镜像

黄碧云（1961—）在短篇小说《丰盛与悲哀》中“本事”一节开宗明义地写道：“我想讲一个关于上海的故事……”在文中，她更是借叙事者在上海的游踪道出：“去了常德公寓。他们说是张爱玲的旧居……他们说张爱玲疯了。我想，在上海这样的一个地方，要活下去不容易。我只想站得很高很高的，写一个上海的故事。”如此，我们感觉到黄作为一个香港作家为上海这座城市建设文本的企图。吊诡之处在于，这则关于上海的故事，出自文中香港电影工作者的一出剧作。黄借用一种文本段落间“拍摄”与“被拍摄”的关系将城市间的对话关系复杂化了。换言之，这个关于上海的故事本身是出自摄像镜头之下，并不期然地承接了某种“香港凝视”（Hong Kong gaze）。

而这种凝视本身，在导演道出拍摄初衷“如何抵受历史与爱情的诱惑”时，也已经明确。上海在“香港凝视”下是历史性的。这种历史本身的演绎方式一如分镜头剧本，呈现出跳跃型的切换状态。太平洋战争、国共内战、解放、“文革”、党的十一届三中全会后，在小说中，历史的更替和起落是匆促和叠进式的。而人只是在这种演进中无法自已的被动个体。作者在“开场”“独白”等节借导演对于演员的指令与提示将这种界限感进一步明确化：“哦，你们第一次见面？对对稿。你们年轻时在上海。”“你们看着黄昏的上海，景色和四十年前没两样。其实你们之间已经没有爱。那不过是幻觉。由上海而生的幻觉。”

导演企图假历史之手，借“拍摄”这一行为，去掌控这座城市中所发生的故事。作者的清醒之处在于，其在小说中一再地强调对“像”的追寻，甚至将小说中的一节明确为“电影就是电影”。上海之“像”作为历史想象的“他者”存在，依赖主体而生，亦因主体而止。小说悲剧性的把握，在于结尾部分点睛式的收束之笔。因为男主角身患癌症，电影的拍摄戛然而止，令导演始料未及。

电影没有如他想象中般完成。电影以外又发生着可笑的事，似曾相识，但又在演绎出人意表。导演想，连人杜撰出的故事也不能为人所掌握，更不用说不为人知的命运了。

以上文字揭示出一个“城市性”主题。有两座城市因其在历史、社会、经济、文化等方面存在着紧密联系，且在文化质量方面可观的相似性频频进入我们的视野，这就是香港与上海。近年来，由于其城市品格的复合性定位，沪港之间的比较渐成热点。

弗洛伊德（Sigmund Freud, 1856—1939）曾经在《论那喀索斯主义》（*On Narcissism: An Introduction.*）一文中，指明了主体与他者的肯定性关系，即镜像作为同一性幻觉的存在。可以得到印证的是，香港在历史文化场域中对上海所寄予的“镜像”意识，亦颇具其渊源。二十世纪三十年代后期以降，由于几次由沪至港的重要的人口流动与文化渗入，香港在潜移默化中“上海化”的过程几乎从未间断。由经济文化领域到社会生活，具体到城市景观中，大大小小的商户与食肆，不少都打上了上海的烙印。如此就不难理解，香港关于自身的文化记忆，有相当部分是“上海性”的。如李欧梵所言：“（在经济的疯狂增长之中）当香港把上海远远地抛在后面时，这个新的大都会并没有忘记老的。事实上，你能发觉香港对老上海怀着越来越强烈的乡愁，并在很大程度上由大众传媒使之巩固（使之不遗忘）。”由此可见，香港人的上海怀旧，成为成分复杂的“精神还乡”，而对自我身份的困扰与对上海的致敬，也因此而模糊了界限。这种文化观望是情结式的，导致的直接结果，是香港为上海持续不断地生产后者进行文化认同所需要的镜像。而饶有意味的是，这些镜像的品质往往比上海的自省所见更为直观与清晰。

当我们扩大“镜像”的外延逆向思考，会发现香港作为他者所发出的声音，大大地丰富了“上海”的内涵。具有代表性的是近年来在文化界兴起的“老上海”风尚，不容忽视的份额归功于“香港制造”。香港“看”上海的动作，依然是两者间二元格局的延续。然而，这种审视的角度，并不能被完全定义为“香港”的，其中包含了一种对于上海的“忠诚”。

在这其中，最具有影响力的，莫过于香港电影界近年来对“老上海”浓墨重彩的书写。

以影像的方式仿真镜像，说服力毋庸多言。2000年香港导演王家卫的一部《花样年华》，叙述发生在二十世纪六十年代的香港故事。然而存留于人们记忆的，却全然是一幅物化的上海图景：喋喋不休的上海话、令人眼花缭乱的旗袍、收音机里播放着周璇的老歌不绝于耳。除却香港时代背景的外壳，全然是一则关于上海的浮世寓言。香港叙事成了一个空洞的能指，上海则具象为导演毫无掩饰的醉翁之意。如果说，原籍上海的王家卫如此表达尚存在血脉与地缘上的亲近感，那么，香港土生土长的关锦鹏，则全然以一个文化他者的立场投入于对老上海的认同。

电影《胭脂扣》（1988）由外至内地明确表达了“缅怀”主题。二十世纪八十年代的现代香港夫妇与三十年代的女鬼发生时空层面的互涉。女鬼的形象指代了消逝于历史的文化魅影。她的复现提供给现时一个审视与寻找自我身份的机遇。导演在处理两个时代的影像风格时，刻意地夸张了奢华与朴素的反差，使得其中的对话性呈现出一种扑朔的起伏与不确定感。关锦鹏在接受访问时明确地说：“我拍《胭脂扣》，大概跟香港面对‘九七’回归有关，客观地讲，这给香港人带来蛮大的影响。……香港人对未来很茫然，反而趋向怀旧，缅怀过去的一些情境。我承认，我对二十世纪三十年代的生活的确很痴迷。发现自己对二十世纪三十年代香港或上海那种世纪末的情怀特别喜欢。”关的表白，凸显了香港对于“九七”大限所产生的文化焦虑，将“上海”视为历史“补足性”情绪的外延。然而，其在以后的作品中对于“老上海”的念兹在兹，却已将这种因果联系改变了质地。

关锦鹏陆续拍就三部以旧上海为背景的影片，有人戏称为“上海三部曲”。关否认了其中所隐含的系列性联系，称只是无意为之。然而，其一再地以香港文化人的身份表达了对（老）上海的敬意，却深可玩味。《阮玲玉》（1992）以“后设”的方式记录了一个香港的女演员Maggie如何在当下塑造上海昔日红星的全过程，其中包括了一些经典镜头的重新演绎，以戏仿的方式将新旧并置，非常直接地呈现了两者之间的镜像关系。而在《红玫瑰与白玫瑰》（1994）中，影片以大量的长镜描摹作品场景之余，忠实地将张爱玲的文字投射于银幕。“忠实”的背面表现出一种审慎的文化心态，即对老上海内蕴的可遇不可得。《长恨歌》（2005）则自觉地通过改编将香港作为叙述元素纳入，香港成为“逃脱”与“末路”意象的交叠，成为淡定的上海大背景中不安且混沌的外来者。

在《长恨歌》中，我们可以发现关对王安忆原作中的情节饶有意味的改编，即蒋丽莉这个角色在新中国成立前夕的人生归属。在小说文本中，蒋结识了一个地下党身份的导演，并“在他的影响下参加了革命”。而在电影版本中，蒋嫁作人妇，并随资产者家庭举家迁往香港（同类型的改编可见香港导演许鞍华对张爱玲作品《半生缘》中叔惠前途的处理）。我们自然可以体会到其中所包含的“投奔”意蕴，内涵发生了具象的质变，由选择“革命”到“逃港”。姑且不论这两种选择哪一种更为光明，而香港人对“去香港”作为上海人的“出路”的认同，与其将之理解为香港进行主体重建的一种方式，毋宁说反证了香港作为“上海镜像”的存在——上海离弃“家城”，投向一个“像”自己的城市。

我们可以发觉关锦鹏对上海叙事悄然发生的态度转变——从边缘化的、抽离的客观立场转向一种相对投入的境界。关锦鹏在其电影笔记中讲述心得：

关于老上海风格的描绘，不应仅停留在物质层次上的复制，而应属精华本质的视觉美学呈现。这一切都需要由曾经与它一起长大的人之视野及想象去完成。

可以推论的是，关此时已将自己对于“老上海风格”的出色把握，归功于一种“类上海人”的观点与想象。关奇妙的文化认同感一方面无疑建基于“上海故事”为其带来的艺术成功体验，亦从侧面印证“香港制造”的“上海镜像”其公信力与受接纳程度远超人们的想象。讽刺的是，在关氏“上海”受到交口称赞之时，内地导演侯咏同样处理老上海题材的影片《茉莉花开》（2004），却遭到了文化界的质疑，尤具代表性的是来自上海导演江澄的批评。《茉》片中被侯咏视为黄金组合的演员阵容几乎被江全盘否定："姜文的这个角色让梁朝伟来演比较合适。如果不是张曼玉现在年纪有些大的话，章子怡的角色绝对应该由她来演。陈冲是个不错的演员，没有必要替换。至于陆毅，虽然是上海人却没有上海人的味道，我看还不如让吴彦祖来演合适一点。"江的批评有意味之处在于，其理想中足以称职地演绎上海的人选，除陈冲外，恰是清一色的香港演员（且都在港产"老上海"影片中担任过重要角色），甚至较出身上海本地的演员（陆毅）更具"上海味"。而江澄在亲自执导的"上海风情浓郁"的《做头》（2005）一片中，则身体力行，起用了香港明星关之琳作为主角，其理由是："香港和上海两个城市无论哪方面都很相似，所以香港演员更加能够胜任上海的故事。"除却演技方面的考虑，江的推论未免体现其"想当然"的文化想象。然而，当这种想象由一个以上海代言人自居的主体进行表述时，却发人思索。"上海"对这种香港生产的自我镜像的欣赏与满足，无疑将香港的镜像地位由形式到内容进一步固化了。这亦成为一种认可，使得香港钟情于这种联系，并将对"老上海"的感情辐射至对于新上海的观照之中。

二十世纪八十年代末以降，上海进入了高速的都市重建时期。香港人在为老上海"自为镜像"的同时，却意外地在浦东的天空看到了自己城市的轮廓。这是十分微妙的事实，亦决定了香港人对于新上海的暧昧心态。李欧梵指出："新上海的城市景观看上去就是镜像的镜像——对香港的现代与后现代复制，而香港长期以来一直以老上海为蓝本。"新老上海在时空层面上的阻隔因为香港的存在以反射与再反射的方式不期然地实现了联结。上海摆脱了计划经济的桎梏，在十几年的恢复性建设后，显示出傲人的发展态势。而香港在经历了金融风暴等动荡之后，正处于由衰退到复苏艰难的经济转型期。新上海的崛起对香港而言，成为"老上海"在历史层面之外的另一种"补足性"情绪。张志刚十分尖锐地刻画了这种心境，上海超越香港也成为最时髦的话题，大家都向仍在发展阶段的上海涂脂抹粉，把上海说成如何如何、怎样怎样，就好像上海越成功，香港人便越满足一样。

香港本土的文化界对上海的态度无疑有更多的保留。黄碧云在《丰盛与悲哀》中，以悼念的口吻讲述了昔日上海的繁盛，以之否定了今日上海的空洞与失落。对于黄而言，"上海情结"是与香港本体关联的自足心理，停留于历史的间隙，无法投射于当下。

而香港的年轻导演陈果，则将现代上海的元素纳入作品《香港有个好莱坞》。陈以草根风格的叙事，呈现了香港观望中的当下上海。上海援交妹红红，与香港青年阿强，形成了上海/香港，女/男的隐喻性对比。陈果着意复写了两个城市之间的二元关系。并且不断地将男性/香港"窥视"（gaze）与"被控制"集于一身的尴尬处境，通过大量写实性镜头表现。权力制衡的结局，胜利属于上海。阿强被黑社会断掌致残，红红却出国投向了好莱坞的怀抱。如果说张爱玲小说中的香港承受着来自于英国殖民者与上海人的双重注视，那么《香港有个好莱坞》，无疑将这种注视的外延扩大了。在陈果的影片中，我们没有看到上海与香港之间的相濡以沫，而是一种激烈的怒其不争的基调。香港学者朱耀伟写道："作为一个生于殖民地的中国人，我经常感到自己无论面对中方或西方时，都是'沉默他者'，摆脱了英殖时代的香港，在发言的同时、却再次消隐了自我的身份。"

上海与香港之间的镜像关系，在种种强化与推演中，已内化为一种文化视野。理性地对待，将为两座城市的比较研究衍生出更多的可能性。一批香港本地的年轻文化，以一本合集著作《上海——寻找上海的101个理由》提供了一种思路。在此书的序言中，编者特别提及了王安忆的散文《寻找上海》在香港对母土上海的异地观照。此书可称之为从写实层面与这篇散文的唱和，如编者所言。

回到一个城市的躬身反照，历史性的自身历史重省，固然有差异对照的价值在内。书中的作者在调整角度（由香港看上海，或是由上海看香港，究竟可以有什么不同的刺激与反省）：一方面在书写上海，同时也在书写其他的城市。对比、挪用、拼贴、复制等不同的城市思考，都在不同的文章中有所面对与处理。

每个作者都有自己的一套阅读城市的方式，上海于我们而言，充满了流言与爱憎，所以这绝非长他人志气放弃香港的说法，而是不怕开阔视野，提醒我们要不断观察来警醒自己不足的自省。

世界

引文

如果说《三峡好人》摘取“金狮”，其意在卧薪尝胆；《无用》问鼎威尼斯电影节纪录片最高奖，则是又一座里程碑。

这些是就《世界》而言。贾樟柯的声音，仍然是民间的。

正文

再看《世界》。这部影片在“水城”铩羽而归，据说在观摩现场把一帮欧洲记者看得哈欠连天，纷纷表示“看不懂”。当时纳闷儿的是老外们脾气的无常。鸣不平者有之。1998年把《小武》（1997）捧上天去的是你们，贾导大不易由“地下”转战“地上”，成了体制内的导演，代表官方参加你们的电影节，却又不招待见。不由人不心生警惕，是不是有意识形态在作怪。

借香港电影节的机会，尽可能在第一时间去看了这部电影［这也是贾樟柯的电影首次在国内公映，毕竟已是他的第四部作品，不包括《小山回家》（1995）等］。在电影放映前，贾樟柯与主要剧组成员和观众见了面，贾樟柯提及了影片巡回参展的情况，并说：“这部《世界》，将我们带向了世界。”因为在场有外籍人士，现场配备了一个翻译，用稳健清晰的声音说：“*THE WORLD* brings us to the world！”

然而，看了十分钟，感觉到了老外“犯困”的理由。

应该说，《世界》还是非常鲜明的贾氏作品。原生态的影像语言，大量的中景与长镜交替运用，对戏剧冲突的淡化以及对人格个性的虚化，都是贾樟柯的一贯作风。

曾经和一个热爱电影的前辈朋友交流《站台》（2000）。老先生说，贾樟柯是个奇迹。因为有了他，介于意大利新写实主义与奥米（Ermanno Olmi）之间的电影传统，薪火在中国得以相传。这话说得很让人佩服，贾氏的风格出其不意地与前两者有了交集。他的早期作品，不由人不联想到德西卡等人的叙事能力，沉实冷静，社会批判意识也是通过残酷且不动声色的方式得以表达。对于奥米我本来不是很熟悉，后来看过他在1961年拍出的《工作》（*Il Posto*），深为之震撼。奥米的作品有个特征，他对于场景空间的纵深感，有非常独到的把握。而贾樟柯对于摄影机位与空间的默契，也有自己的见地。记得《小武》里，小武在汾阳街头流浪，经过了歌厅、澡堂等很多地方。有一幕小武在澡堂洗澡的场景，长镜达数分钟，我们惊奇地发现，电影对观者的心理造成的压迫感以及对人物内心孤独感的体认是澡堂这个空荡荡的空间所赋予的。空间的讲述功能被导演推举到幕前，人物反而被符号化、虚化，退居次要地位。而贾樟柯的镜头语言其实又比他的意大利前辈同行要更为刁钻一些。他作为导演，有种与电影的客观性主基调相悖的侵入意识。我很清楚地记得在电影《月台》里，一堵灰头土脸的石灰墙上用粉笔歪歪斜斜地写着：打倒贾樟柯。这些都是让外国人惊奇的，尤其让欧洲人。在二十世纪五十年代，他们曾经为中国在1933年拍出的《春蚕》流露出的自然主义叙事观念而惊叹不已。意大利人感慨地说，电影里的老通宝谛视的眼神，是我们电影里的呀。可是，他们轰轰烈烈的新写实主义，实际是在二十世纪四十年代初才开始的。当贾樟柯在二十世纪最后的年头出现的时候，他们难以不为之动容。他们认为，贾樟柯电影中的一部分，也是他们的。

但是，这部《世界》，到底让他们踌躇了。贾樟柯的问题出在了哪里？导演自己将影片定义成一部“忧伤喜剧”，他解释说：“现在中国小人物的生活充满了喜剧感和荒谬感，看着他们我非常忧伤，因为生活还得继续。我想说的是，中国人非常乐观，再困难也不会停止前行的脚步。所以在电影最后我说，一切刚刚开始，中国的改变也是这样。”

贾导对民间与小人物的关注还是一贯的。然而，我们在《世界》里确难体会到“忧伤”的存在。贾开始疏于驾驭他在影片中所要表达的情绪。其中有个非常重要的原因，就是贾的作品，开始脱离了他一贯擅长的乡土叙事语境——汾阳。这是贾樟柯出生与成长的地方，贾对这个地方的熟悉程度可想而知。他对角色的塑造，乃至对电影基调的把握，在很大程度上得益于个人的经验与体认。无论是《小武》对弱势人群的观照，抑或是《任逍遥》（2002）对青春与背叛的诠释，或者是《站台》对一个地区在体制变迁中沿革的描摹，都有导演感同身受的因素。

贾樟柯虽然在新片中仍然把叙事的重心放在“边缘人物”身上，但是他的叙事立场已经发生了微妙的游移。《世界》描绘的是在北京闯天下的新移民群体。这些新移民处在商业化社会关系的底层——以“世界公园”里的打工者的面目出现。从这个叙事背景的设置上，我们可以体会到贾的野心，就是以区区一个公园戏拟了全球化的文化语境，气魄是大了许多。贾将电影设置为若干章节，每个章节都以一个著名的城市命名，比如“乌兰巴托之夜”“大兴的巴黎”等等。当女主角坐在观光列车上听电话，对方问她去哪里时，她面不改色地回答：“去印度。”实际上，“印度”只是世界公园的一个角落而已。

贾导对空间的兴趣依然明朗。戏剧性与现实的错位，假造的世界景观与真实的游客，虚拟场景中的“天上人间”。

他说：“这部电影更多的是讲我对我们这个城市与人的感觉。”贾很有信心可以把握住这些移民者的思维方式。因为他自身之于北京这个都市而言，也是新移民的一分子。问题在于，他在这个相对陌生的城市，所选取的是外来的文化精英式的叙事视角，是他自己所不自觉的。他本人实际上和他所要着力表现的人群存在着生活境遇上的巨大落差。从而，他一贯平视的叙事态度不得已地转向俯瞰的姿态。

记得一位移民作家在书中这样写道：侥幸我有这样远离故土的机会，像一个生命的移植——将自己连根拔起，再往一片新土上栽植，而在新土上扎根之前，这个生命的全部根须是裸露的，像是裸露着的全部神经，因此我自然是惊人地敏感。伤痛也好，慰藉也好，都在这种敏感中夸张了，都在夸张中形成强烈的形象和故事。

这段话可作为一个旁证，说明贾樟柯选取“移民”素材是一个很明智的决定。移民阶层在心理层面，往往有很多逾越常规的东西。这些东西所酝酿出的情绪，也是喜忧参半的、多元的。他们与乡土之间的联系，有如一道若有若无的脐带，这对他们接受新的生活是种负累甚至考验。而所谓的敏感性，也正是在这种考验中磨砺出来的。有些遗憾的是，这种敏感性在《世界》里似乎并没有表达出来。我们看到片中的人物，都很顺理成章地接受了北京这个大熔炉作为他们新的栖息地，态度是欣欣然的。他们之于乡土，是孕育与脱离的单向关系。除了在老乡这个小圈子里满口乡音之余，似乎并没有更多怀恋的情绪。这与贾樟柯对家乡汾阳的态度，是相悖的。

在这部电影里，贾樟柯仿佛刻意回避了他的所谓乡土经验，这使他对生活的积累与体悟在新的题材开掘上不再有用武之地。而离弃了汾阳的贾樟柯，很像离开了水的一尾鱼。贾对情节的演进方式也明显开始依赖于想象。而想象本身的可信性因为打了折扣，所以在以往的贾氏电影中，时常流露出的那种动人的共鸣感在此片中消弭不见。细节的设置上代之以一些通俗的缺乏新意的桥段。比如爱情的三角关系，比如异地打工者的悲惨境遇。前者以小桃对于贞操观念的坚守为引线，但是发展下去并没有牵扯出男女关系层面之外的思考，反而突出了讲述者对于伦理规范的轻慢态度与纵容。而后者的构思是非常煽情的，男主角泰生的老乡“二姑娘”，在建筑工地打工，因为意外事故重伤，弥留之际，留下的遗言是一纸欠债书。旅美学者薛涌在其评论《基层社会与现代精神》里引述了一则故事：某次矿难中，井底的一个矿工临死前把自己的帽子交给身边的同事，希望这个遗物能够最终落到自己妻子的手上。当妻子拿到这顶帽子时，矿工人已经不在了。细看帽子内面，写着几行字："孝敬父母，带好孩子。还欠张主任200块钱……"薛涌将之视为义举，"这是惊天动地的道德情操，这就是中国的人文精神"。而贾樟柯在运用类似题材时，通过制造悬念，刻意引发出的戏剧张力足以表明，他对这一段落所指代的精神内容怀着与薛涌如出一辙的巨大期许。这种含蓄的民族主义期许（Nationalistic expectation），也正是西方人看不懂的地方。在他们看来，欠债还钱，天经地义，是做人行事的起码准则。而中国人却将之视为一种"意外"，实在有些小题大做。

也许为了营造"世界"这个大主题所包容的丰富内涵，贾樟柯一改以往在角色设置方面的简洁作风，勾勒出一张颇为复杂的人物关系网。然而，因为这些关系脉络之间缺少必要的因果联系，给《世界》带来一种前所未有的庞杂景状。其间，有的线索，是些无关宏旨的鸡肋。导演却无分巨细地做了非常详尽的交代，比如泰生在"世界公园"以外的社会活动。

但是，影片中的一条副线，很有做深入挖掘的潜质，导演却轻轻放过了。这就是女主人公小桃与俄裔女演员安娜之间的友谊。

这段友谊是虎头蛇尾的，当小桃与安娜在洗衣房逾越了语言的障碍第一次实现了沟通的默契时，我想观者无不对其发展有所期待。然而，最后却以安娜突兀地离开了世界公园去做了舞厅小姐而告终。其实，两个异国的女性，在一个伪造的全球化的生存情境中不期而遇，从性别与族裔的角度，都有着相当的意义。然而，导演却只将之定位成影片中的一段小插曲而已。

廖姐拒绝了泰生带她去世界公园的邀请，直至真正拿到了去巴黎的签证。这也是指涉性很强的一个细节。现实与理想之间也许存在着千沟万壑，而理想与伪理想之间往往只是一线之隔。这时候世界公园作为赝品的虚假性以及对于真实世界的无可替代性被导演很残酷地勾了出来。世界公园内欢天喜地的表象也因此被瓦解，而小桃们也感到在这个伪世界中越来越喘不过气，想尽办法要逃出去却又无可奈何。人之于空间的无力性得到了很好的表达，这是贾樟柯在影片中阐释得最为明确也最为成功的主题。

《世界》中，演员们的表演只能算是差强人意。不过这个从来不是贾氏影片的得力所在。电影的一个亮点是女主角小桃的扮演者赵涛（之前曾预计最夺目的是贾的御用主角——小武扮演者王宏伟，然而却不是），这是个非常具有喜剧细胞的演员，很有塑造成“戏骨”类型的潜力。其中有一个场景，是发生在世界公园的“日本馆”。小桃一袭和服，袅袅婷婷地走向观众，在木地板上跪下去。我几乎认定，下面会是一套精致绝伦的茶道表演，却看见赵涛伸出手去，从品客薯片筒里抽出一片，施施然地放进嘴里，咔吧咔吧地嚼起来。然而，脸上的表情却依然保持着高贵、娴雅、不露声色。真正要把人笑翻。

在技术层面，贾樟柯第一次穿插运用了动画作为辅助性的电影语言。这些镜头令人不得不联想起冯小刚的一部贺岁电影《大腕》（2001）。然而，坦率地说，在这一点上，贾樟柯的构思远没有冯的成功，因为动画所表现出的喜剧色彩和荒诞性与冯的电影主基调是合拍的。而贾樟柯所要表现出的荒谬与忧伤有着一个十分严肃的内核。动画的运用，无疑将之淡化了，而且由于是多次穿插的形式，对影片的连贯性其实也造成了相当的破坏，使本来主线就不很明确的影片的节奏变得更为拖沓。

为什么一部从题材到叙事场景的选取都很巧妙的影片没有得到预期的成功？贾樟柯说：“也许是在面临转型的过程中，我也有点找不到北了。”这是他的心里话，坦诚得让人欣慰。

毕竟，贾樟柯是出色的。所有的人，都不愿意他的电影“世界”无以为继。所幸，《三峡好人》（2006）与《无用》（2007）的出现，让我们听见了熟识而朴素的民间的声音，让我们在意料中松了一口气。

不散

有人说蔡明亮是最擅拍水的导演，他的片子是湿漉漉的，让观者心里也发着凉。看《不散》，又是不小心按错了键，一下子到了片子快结束的时候，陈湘琪饰演的跛脚女售票员走出戏院骑楼，外头正下着大雨，雨大得莫名，如同《河流》（1997）里的腐水安静得蹊跷。片子于是有了鬼气似的，一切也像是预知了结果，再回头看前面的情节，都似乎成了谶语。

后来听到开首的第一句台词，竟然就是："你知不知道这里有鬼呀？"很吃惊地，无意中，自己的感觉竟为这部片子点了题。在这间行将歇业的戏院里，有些鬼、有些魂魄在游走。这间戏院叫作"福和"，细心的观者会记得，这就是出现在《你那边几点》（2001）里头的那间戏院。由于生意不好，真正是要停业了，蔡明亮把它租了下来，拍了《不散》。

《不散》的英文名叫作*Goodbye, Dragon Inn*（再见，《龙门客栈》）。《龙门客栈》（1967），36年前胡金铨导演的武侠经典，成了絮絮的背景音。却又忽然一闪，喧宾夺主似的，大起声来。观众席上寥寥的观众，说到底，却夹着有名堂的人。曾在《龙门客栈》中任角色的石隽、苗天，默然对着银幕上昔日的身形，眼泛泪光。戏里戏外，竟然都是做回了自己。

这是一出用来凭吊的戏，却没有凭吊的举动。好像是一些无聊的人，做着一些无趣的事。他们不知道，自己在不经意地进行着一场仪式，在这破败的戏院里。醉翁之意不在酒的日本人，拖携幼孙的垂垂老者，装束浓俗冶艳的中年女子。

他们的一举一动，没有例外地，为这旧戏院的终结作着脚注。而发生在戏院里的情事，也因为这场终结黯然收场。

身体残疾的售票员和年轻的放映员，身处同一家戏院，却从来没有见过彼此。这场暗恋本就是无源之水，却因了戏院这个空间的存在有了念想。直到戏院关闭前的最后一个晚上，售票员拿着寿桃，走进放映员的房间，里面空无一人。我们于是看着陈湘琪坐在放映室的椅子上出神。在时间上，蔡明亮是很舍得的，这个定镜长达2分20秒。这是一场不甘心的等待，放映室里还燃着他点着的烟，她就是对着这支烟出着神。这时候《龙门客栈》的对白传来一句：“等了那么久就看这个啊？”她终于离去了，却又在迷宫般的电影院里找寻，在长廊与楼梯间踯躅而行，像个真正失魂落魄的鬼魅。

戏院里的电影演完了，观众散去，年轻的放映员终于发现售票员留在电饭锅上的寿桃。

一切似乎都是无意义的，因了过去的行将坍塌，所有的挣扎与补救都成了徒劳。也想起了蔡明亮的另一部短片《天桥不见了》（2002）。天桥不见了，好像突如其来地没了声息；戏院散场了，你终究什么也抓不住。在你茫然的时候，另一些东西也逝去了。

《不散》在香港电影节放映的时候，被誉为“一封致没落中的戏院观影文化的情书”。情，该就是所谓的苦情。这情书，是没有什么辞令的。全片不足十句台词，只是仗了一份心情作底。

篇尾老歌手姚莉幽幽地唱《留恋》，有人说极好极切题。依我看，倒是郁冬的那首或许更好。“我家楼下的空地是一个电影院，在夏天的夜晚它不再出现……”

对谈

绘声绘色——香港国际书展首发式李安、葛亮对谈

李安：香港三联书店出版公司总编（以下简称李）

葛亮：作家、文学博士（以下简称葛）

李安：我们都知道葛亮的小说写得很好。所以当听到你要写一本关于电影的书，很期待和好奇。不知道和坊间的电影书相比，会有什么特别之处。能说说你为什么要写这本书吗？

葛亮：好的。如果说有什么不同，大概在成书的过程中，我一直想将它写成一本记忆之书。主要体现在“自在”的部分。王德威教授有本著作叫《小说中国》，借用过来，大概“小说电影”最能够表达写这本书的初衷。在我的认知里，电影是一种时代经验的载体，不光是个人的，而且是一代人的共同经验。这一点与小说异曲

同工。它们都用一种普适性的审美和价值观，在塑造我们的成长。无可否认，每个代际的人都有着某种标志性的东西。《阳光灿烂的日子》里的少年人可以对“古伦木”“欧巴”这样的电影词汇心照不宣。看《阿凡达》的孩子们就未必理解了。同样，地域也是如此。看阿尔巴尼亚电影长大的学生哥儿和泡在邵氏的粤语残片中的香港细路仔，也会有不同的文化烙印。我想用文字将这种烙印组织还原成某种轨迹，用故事的方式记录下来。其实也是一种梳理，关于我个人的，也是一群人的电影记忆。

李：没错，在读这本书的时候，我不由自主地在回忆起我成长过程中的电影，尤其是童年的。也自然地联想起《星光伴我心》，因为基调中都有一种很动人的纯净感。而你的书给我更为亲切的感觉。对中国读者而言，这也是最好看的地方。因为它是立足于本土的，从立意到细节，都很贴近我们的过往生活。身临其境一样，比如看露天电影的热闹，相信很多读者读到这个段落，都是会心的。

葛：这也是一种“集体回忆”，Collective Memory。在当时，看电影可以是一种集体行为，往往和家庭、单位、学校相关。不是独享，而是共享与分享。往大里说，扩张到人文精神的层面，其实是有仪式感的。某些电影，甚至可当作人生的一部分，成为成长中的某一个坐标。现在看电影变得很容易，但也明显更为私我化了，买张影碟在家里就可以完成。这和资讯时代人们日渐封闭的生活格局有关系。其实也会影响人在审美上的甄别力。大概接受资讯的方式太过多元。我们的神经在反复地锤炼后，敏感度也在降低。在第一时间让你产生好感的电影真的不多了。

李：这其实是很让人惋惜的事实。所以我也有另一个感兴趣的话题，就是“自在”中，你基本上都用了人物作为小标题，比如“木兰”“外公”“裘静”。我可不可以这样理解，你在写电影的同时，也在塑造有关“人”的主题。或者说，凸显了一种人性的立场。

葛：这的确是我比较重视的部分。因为觉得从人本身出发，关于电影的叙述才可能会有温度。我是比较喜欢这种“讲故事”的形式，也许是我作为一个小说作者的本能。“自在”中的这些人物，也是我观影经历中重要的引领者。比如说木兰，她画的电影海报会投射出她的人生见解，令我记忆犹新。我现在对《城南旧事》最深刻的印象，仍然是她画的海报上那双先声夺人的大眼睛，孩子的眼睛。这也是这部戏所有关于良善的主题的强调。并且我相信，所有好的电影主题，都是人的主题。所以在“观”的部分，我将文章也按照“人”的角度进行了分类。“成长”“爱情”“英雄”“生活”都是关乎人的。

李：对了，在“英雄”的章节里，你写到让·雅克·阿诺的一部电影，倒是关于两只老虎。

葛：阿诺曾经作为专注动物题材的导演，出色之处就是从人的视角去理解和表现动物。比如兄弟情、母爱。当年一部《熊》（*L'Ours*），可以让很多观众热泪盈眶，它的确击打到了你内心最柔软的地方。这些动物置换成人，在情节上仍然成立。因为根本上仍然是人性而非兽性的。

李：所以，这是你判断好电影的标准之一吗？

葛：去审视一部电影，我的出发点还是人本的。一方面是姿态。像小津以摄影机模拟出平视的视角，pillow shot，榻榻米视角。你会觉得摄影机背后的人也必然是谦恭与温和的。东方人在世界观上还是比较中庸，比较留有余地。在这一点上，长镜头恰如其分。频繁的镜头切换、蒙太奇等手法看似取悦了观众，其实有内在的进攻性。还有一方面是题材，是说人之常情的东西吧。马俪文有个电影叫《我和你》，就是一个大学生和她年迈的房东，从矛盾、冲突到和解的过程。谈不上有什么故事，但的确很动人。因为细节都是日常的，非常砥实可感。最后一幕，是学生给老人送药。老人百感交集，没有很多的话，但尽在不言中。

李：是的，马俪文这几年的作品在迅速地成熟，质地很清晰。其他第六代的导演呢，比如你提到过的贾樟柯。

葛：贾樟柯的作品里，也有丰盈的细节，用十分平稳的方式呈现出来。而通常也会结合他对于空间的认识。初期是他的家乡，在《小武》《站台》里，汾阳几乎是电影的主角。人在这个空间里被压抑与安抚，或者被遗弃。澡堂那出戏，实在太典型了。到了《世界》，空间更大了，但是出现了许多伪细节。当然空间本身也不是真实的，主题公园被叫作“simulated spaces”（模拟空间）。电影很容易成为一种霸权的艺术，这和导演的主导意识有关联，或者说设计感。我比较欣赏顺势而为的方式。侯孝贤曾经说过一种“云”一样的剪辑策略，比较接近这层意思。某些电影叙事有种天然的流向，可能是反因果的，但会由一些其他的逻辑元素来替代完成。比如说时间，或者人物群落。《二十四城记》的成功，大概是得益于这种逻辑。基本形式是一部仿纪实风格的电影。起用了一系列的专业演员，其中某些还很有知名度，比如吕丽萍和陈冲，是明星。但你并不觉得很突兀。因为它有一个现实的背景，在市场经济的冲击下，走向衰落的军工厂。围绕这个工厂展开了一系列的访谈，对象大多是厂里的工人。由不同的受访者分成若干的单元，有点“有请当事人”的意思。这个框架将演员们嵌合进去，丝丝入扣。当然，细节仍然功不可没。陈冲上海味道的普通话，很有说服力。“时代印记”嘛，加强了仿真的效果。

李：对于作者电影这个概念，你怎么看？

葛：作者电影，呈现出一个硬币的两面。一方面树立了某种言说方式，并给予了相当的尊重。这在戏剧电影时代并非易事。给导演们的空间足够大，并且给了他们某种将风格一以贯之的权力。法国新浪潮出来的一批人，在这方面都是很不错的表率。我想也体现为对于题材某种“处理”的取向。用自己的风格去改变题材的质地，再造和重塑，企图同时间打破某种“成见”（stereotype），建立新的秩序，比如塔可夫斯基对时间的驾驭。另一方面作者电影在姿态上，的确时常会表现出与读者的隔阂，这是以“破”为“立”的代价。不过说起作者电影，我总是会想起一些所谓的御用演员。我觉得非常有意思。因为在他们的作品里，可以看到他们作为一个演员的成长与蜕变，当然也有一以贯之的东西，形成了导演与表演者的谱系。英格玛和丽芙·乌尔曼，特吕弗与让·皮埃尔·雷奥，费里尼和马塞洛·马斯楚安尼，华语界的蔡明亮与李康生，贾樟柯和赵涛。从他们身上，可以看到“人生如梦”的另一种诠释。尤其是让·皮埃尔·雷奥。他少年时候的早熟与触目惊心的绝望感，在长大后反而慢慢地剥落了。一如许多人必须经历的生命常态。

李：这是个很有意思的话题。名单可以很长，或许还包括马丁·斯科塞斯和罗伯特·德尼罗，安东尼奥尼和莫尼卡·维蒂，沃纳·赫尔佐格和克劳斯·金斯基。他们的关系，也可以很多元，朋友，情人，甚至仇敌。最近在香港上映的电影，有没有让你觉得有这种潜质的演员？

葛：一时想不起……哦，或许是汤唯。最近看了《月满轩尼诗》，印象很深。这是个小品式的电影。汤唯选择这一部作为复出的作品，很聪明。的确，岸西的审美与取材都给了她一个举重若轻的机会。汤唯演得非常放松，将日常诠释得很美。对尖锐的问题不回避，却能够顺势而为地化解。你会觉得她打了一场人生的太极。但其中仍然有很多非常有张力的东西，在普通的表皮之下，足以体现表演者内心的强大。这是一个能够把握自己成长的演员。对很多人而言，摆脱《色·戒》的标签化和标本化都不是件易事。但她可以做到，回归得十分自然。这一点决定她足以用自身去诠释一位导演风格的延续与变化。我印象非常深刻的，是接近影片结尾的时候，她张开嘴给男主人公看她已经补好的蛀牙。这是对演员的考验，因为这个动作不在审美的范畴，很容易表现得丑或者造作。汤唯用神情很轻松地说服了观众，说明这是一种最淋漓的关于爱的表达。对于导演，用一个演员去表达经年的艺术见解的演进，其中最让人着迷之处，就在于演员也在成长。你可以看到两种成长的叠合与并行。其实写小说也是一样，在《七声》系列中，我用“毛果”的眼睛去观察和表达周遭人事。所有的有关于时代的故事，也跟随他的游走而成熟与变迁。

李：终于说到了文学的话题。在你的书里，我不断地感觉到一种文学和电影交融和碰撞后诞生的奇异触感。就是两种空间，一种是影像的，一种是文字的，彼此穿透，互相模拟。说起来，其实我一直对一点存有疑惑。就是这两种艺术形式，相互的再现力究竟有多强？比如文学改编为电影。我总觉得，多少应该有一些东西剥落和损失了。你会愿意自己的小说被改编成电影吗？

葛：这可能是很多作家不太乐意作品被影像化的原因。我本人倒没有这么抗拒。因为我觉得电影未必是小说的再现。有时忠实感是存在的，这就成了对电影改编苛求的一个标准。在我看来，大概小说只是个“药引”。电影人有欲望去改编或许只是因为他感觉到了小说中的某种气质，是他想去致力表达的东西。比方说《红高粱》，这部小说的迷人之处，就在于它发掘和放大了某种我们已经在颓败的民族性，或者称为“酒神”精神，张扬恣肆的充满生命张力的精神。张艺谋恰恰是看中了这一点，将之作为电影的主基调。他的改编并不是遵循小说的情节性，而是依据这种精神主轴。所以，才有了“轿歌”“祭酒神”等元素的创造，都是精神的外化。又比如，前年有部电影《双食记》，是根据一个美食专栏作家的小说改编的，充分地诠释了“食色，性也”这个古老的命题。两者之间居然纠缠不清，食物变成没有硝烟的战争，甚至还夹杂了中西的文化角力。电影把这个命题继承下来了，情节却截然不同。以一段婚外情为切入点，赋予这个主题一种近乎恐怖的基调，因为和阴谋相关。主妇利用情妇的食谱，达到向出轨男人复仇的目的。“食物相生相克，一如感情，造次不得。”影人大约也为这一点击节，重新编制出新的故事经纬，作为更为惊心动魄的诠释。反过来也是一样，电影对于文学的启示可以更为直观。乔伊斯在《尤利西斯》的第十章里，运用了电影的蒙太奇手法，在当时可谓别开生面。以我自己的写作而言，从一定程度上，电影也在某些层面建立了我的审美观，造就了一种无知觉间的刺激与推动。比如有一次我一个朋友说，读我的小说，某个段落让他感觉到类似电影的空镜头，我想多少是潜移默化于对电影的某种体验。也包括对于场景感的营造，是得益于两者间的通融。

李：从文化传播的层面来说，电影也成为文学扩展的一种中介。比方说《卧虎藏龙》这部电影，扬威国际，让尘封多年的同名小说，也重新受到关注。

葛：是啊，王度庐这个名字也是这样被挖掘出来，像是出土文物重见天日。以武侠题材来诠释中国，的确也是个很聪明的做法。观众喜闻乐见当然是一方面。所谓“侠”这个概念本身，内涵也是极其丰富的。包含了中国人的伦理观、审美观甚至哲学观。一部《火烧红莲寺》拍了十八部还让人意犹未尽，绝不是打打杀杀那么简单。当年看胡金铨先生的《空山灵雨》惊为天人，心想武侠电影原来可以这样拍的。运镜如入化境，山川古刹美得与人水乳交融，佛理与禅机也是经年历练的渗透。所谓“两句三年得，一吟双泪流”形容胡氏武侠恰如其分。几乎每个镜头都精谨唯美，是不露声色下的惊心动魄。特别一些重要的场景调度，多年后《卧虎藏龙》对此借鉴，是显而易见的。好的武侠电影，常使我想起卡蒂埃·布列松的“决定性瞬间”。有时只有一个场景，数个镜头，就将你征服了。特别有印象的，是《大醉侠》开场不久，乔装的金燕子走进客栈，杀机四伏。随手飞起几根筷子，给了笑面虎一个下马威。那举重若轻的派头，很让人叹服。早期武侠里，对于力度的把握，有一种分寸感。四两拨千斤是很典型的一种表达。

李：有没有在以后的写作里，创作武侠小说的设想？

葛：目前还没有，对于我来说，这是很需要沉淀的题材。特别是需要历史观已达至相当丰盈的阶段，才会去考虑。最近，倒是有想法写一些带有推理色彩的小说。我很着迷一些逻辑感丰厚的东西。很多年前读横沟正史，钻进去简直无法自拔。他与本格派的江户川乱步互为映照，成为当年推理界的一道风景。后来有很多个版本的电影改编，很可惜作品中大段落的关于时代的演绎被简化了。在横沟的作品中，明治维新以降的社会景状，战后都市的不安定与倒错感，乡村里错综的地缘与血缘关联，为他的作品铺垫了盛大的书写背景。这些在电影中往往都剥落了。实现得比较好的，大概只有野村芳太郎的《八墓村》。另外，横沟是个人文修养相当不错的作家，而且将这种积淀点染在他作品的细节里。比如他用松尾芭蕉的俳句暗示不同的杀人方式，丝丝入扣，将罪恶感与美感融合得天衣无缝。无愧为变格宗师。你会觉得他作品的审美质地是多元的，各方面都十分可观。

李：这让我想到毛尖的电影随笔集子《非常罪非常美》。两个元素经常像暗夜里的双生花一样，充满了诱惑。你在这本书里，多次写到韩国的金基德这个导演，你对他的关注，是不是也源于这种罪而美的感觉？

葛：金基德的作品里不光谈到罪，也谈对于罪的救赎。大多是以“性”的方式，像《撒玛利亚女孩》，当然也可能是其他。他的作品充满了无望感。有各种符号性的隐喻。岛、少女、鱼钩、铁丝、镜子。在罪的层面上又增加了刻意物化的暴力元素。《漂流欲室》里有许多触目惊心的场景，都是超越日常经验的，他处理得无比自然。因为欲望的纠缠，一切都变得可以理解了。《坏小子》里面强调窥视与被窥视的格局，源于某种不安全的体验。事实上，在金基德的影片里，可以感受到很浓重的无归属感。他从来不回避这一点，并且在意象上加以扩张，比如漂流和密闭的空间。有一点很有趣，你可以在他的作品里看到众多彻底缄默的角色。哑女，还有《呼吸》里的死囚。《空房子》在影片已过大半时，才出现了三个字的台词，大概可以去申请吉尼斯。金基德用沉默与失语，表示一种不得已的游离，和他对于政治压抑的态度相关。这一点与日本导演大岛渚有相类之处。但大岛比他更凶狠一些，在细节的处理上也更残忍一些。

李：是的，《青春残酷物语》在社会背景上做了最大限度的凸显。大岛渚是个气味很鲜明的导演。这种气味对于一般观众，几乎有点可怕。他写情色，其间有“物哀”的性质。但是细节却非常锋利，类似一些西方的影人，像是巴索里尼或者格林纳威。

葛：相较而言，格林纳威比较让人吃不消。他将食物与性之间的关联隐喻呈现得太惨烈了。其实内里还是在说权力关系。

李：其实社会性也不见得一定通过这种方式来表达，特别是在“性”的层面。

葛：嗯，对。当然还有暴力。因为最近在读帕拉尼克，重温了电影版的《斗阵俱乐部》，感觉很不一样。我们太强调这部作品的反社会意识。但其实，内里还是在说一种人性里最荏弱的东西，或者可以说，是在歌颂绝望。一个躯体，邪恶和平庸，互为因果。用原作者的话来说，“打来打去，打累了还不是要跑到教堂结婚去”。这其实也是个社会性的悖论，但没打过的人，总是不太甘心。电影里泰勒说了一句话，很精辟，“你不能到死的时候身上连道疤都没有”。总要曾经沧海一下的。

李：好，今天，小说家葛亮跟我们谈了这么多关于电影的话题，最后回到这本书上来，还有什么想和读者朋友们说的吗？

葛：呵呵，说什么呢？嗯，这本书，算是我写作中的一个意外吧。门外汉居然也把电影写成了一本书。这本书对我个人而言有特别的意义。敝帚自珍之外，当然还是更希望朋友们能喜欢它，谢谢大家。

图书在版编目（CIP）数据

绘色 / 葛亮著. — 杭州：浙江文艺出版社，2018.9
ISBN 978-7-5339-5281-5

Ⅰ. ①绘… Ⅱ. ①葛… Ⅲ. ①随笔－作品集－中国－当代 Ⅳ. ①I267.1

中国版本图书馆CIP数据核字（2018）第076791号

责任编辑 罗敏波
特约编辑 李 彤
封面设计 末末美书
封面插画 花 鹅 科 几

绘色
葛亮 著

出版发行 浙江文艺出版社
地　　址 杭州市体育场路347号　　邮编 310006
网　　址 www.zjwycbs.cn
经　　销 浙江省新华书店集团有限公司
印　　刷 北京鑫海达印刷有限公司
开　　本 880毫米×1230毫米　1/32
字　　数 153千字
印　　张 7.5
版　　次 2018年9月第1版　　2018年9月第1次印刷
书　　号 ISBN 978-7-5339-5281-5
定　　价 48.00元